浮生六记

［清］沈复 著
王朋珍 注

中华国学经典精粹

北京联合出版公司
Beijing United Publishing Co.,Ltd.

图书在版编目（CIP）数据

浮生六记 /（清）沈复著；王朋珍注 . -- 北京：北京联合出版公司，2016.9（2022.8 重印）

（中华国学经典精粹）

ISBN 978-7-5502-8769-3

Ⅰ . ①浮… Ⅱ . ①沈… ②王… Ⅲ . ①古典散文—散文集—中国—清代 Ⅳ . ① I264.9

中国版本图书馆 CIP 数据核字（2016）第 238774 号

浮生六记

作　　者：沈　复
责任编辑：李　红　徐秀琴
封面设计：颜　森

北京联合出版公司出版
（北京市西城区德外大街 83 号楼 9 层　100088）
北京华夏墨香文化传媒有限公司发行
三河市东兴印刷有限公司印刷　新华书店经销
字数 130 千字　880 毫米 ×1230 毫米　1/32　5 印张
2019 年 5 月第 3 版　2022 年 8 月第 7 次印刷
ISBN 978-7-5502-8769-3
定价：36.00 元

前言

“芸，我想，是中国文学上一个最可爱的女人……在芸身上，我们似乎看见这样贤达的美德特别齐全，一生中不可多得。”林语堂先生曾这样评价《浮生六记》中的“芸娘”。

鲁迅先生也说：“像《浮生六记》中的芸，虽非西施面目，并且前齿微露，我却觉得是中国第一美人。”

俞平伯先生如此评价《浮生六记》：“今读其文，无端悲喜能移我情，家常言语，反若有胜于宏文巨制者，此无他，真与自然而已。言必由衷谓之真，称意而发谓之自然。虽曰两端，盖非二义，其闺房燕昵之情，触忤庭闱之由，生活艰虞之状，与夫旅逸朋游之乐，即各见于书，而个性自由与封建礼法之冲突，往往如实反映，跃然纸上，有似弦外微言，实题中之正义也。”

陈寅恪先生则指出：“吾国文学，自来以礼法顾忌之故，不敢多言男女间关系，而于正式男女关系如夫妇者，尤少涉及，盖闺房燕昵之情意，家庭米盐之琐屑，大抵不列于篇章，惟以笼统之词，概括言之而已。此后来沈三白《浮生六记》之《闺房记乐》，所以为例外创作。”

芸娘是谁？沈三白是谁？《浮生六记》又是一部什么样的书？为何能够获得这些文学巨匠、国学大师们如此之高的评价？这一切我们还要从《浮生六记》的出版说起。

《浮生六记》这部书的命运，和它的作者一样，自写成以来便起伏跌宕，充满了传奇色彩。关于它的问世，首先要感谢一个叫杨引传的人。这个杨引传究竟是何许人呢？他本身其实是一个名不见经传的人物，不过他的妹夫王韬却是晚清著名的思想家。王韬在他的《瀛壖杂志》中有过一段对杨引传的记述：

杨引传延绪，以字行，号醒逋，更难后，乃号甦补。少同里闬，初未相见，逮归自蜀，始投缟纻。醒逋刻苦于学，无所不通，而尤笃嗜词章。生平作诗，殆盈数千首，痛自芟薙，仅存十之二三，编为《独悟龛集》。叶丈调生采之入《同人诗略》中。

余妇梦蘅，醒逋女弟也，病没沪寓，闻信趋视。越日偕游西园，花落鸟啼，耳目凄恻。

庚申贼陷吴门。君卜五月十九日里中当有大厄，乃竟不先徙去，自罹于灾，妻投于水，屋焚于火，二子掳于贼，身亦被斫几殒。余驰书招之，未果来。余至粤后，闻其挈眷避居洋泾。噫！文人奇祸如醒逋者，其尤哉！

妻子投水，两个儿子被掳走，房屋被烧掉，自己也差一点被人砍死，杨引传确实是一个倒霉透顶的男人，想来正是这些不堪回首的经历，让他在读到沈三白的《浮生六记》时感同身受，欲罢不能吧。

杨引传与《浮生六记》的结缘十分偶然，只因他是一个读书人，平时喜欢逛书摊。一天，他在家乡苏州的大街上闲逛，冷不丁看到路边一个书摊，便信步走了过去。这个书摊的生意冷清得很，没有旁人，他随手拿起一本书看了起来。这一看不要紧，手里的书可就再也放不下了。

这实际上是一个手抄本，书名《浮生六记》，作者沈三白，无论是书名还是作者，以前都从未听说过，篇幅不算长，一共才六卷，而且是一部残书，只有前面的四卷，字数总共不到四万。人常说“文人相轻”，但在那个时空里，作为文人的杨引传被另一个文人彻底打动了，三白与芸娘的爱情悲欢与坎坷际遇让他无法自持，他立即掏钱将这本小书买了下来。

后来，杨引传四处打听作者沈三白的信息，结果却一无所获；四处寻找丢失的那两卷，也是踪迹全无。万般无奈之下，他只好怀着复杂的心情将残卷辑录在《独悟庵丛钞》之中于1877年出版。事实证明，杨引传的确是独具慧眼，《浮生六记》面世后大受好评，人们争相传诵，迅速成为经典，据不完全统计，到现在为止国内外已经出版一百二十多个版本。

《浮生六记》俘获了无数读者的心，然而，每一个读者在读完之后，多少都会因为它缺少的两卷而感到一丝遗憾。它就像断臂的维纳斯一样，固然美丽绝伦，但那种难以名状的遗憾始终埋藏在读者心中。1935年8月，在《浮生六记》首次出版五十八年之后，戏剧性的事情发生了——在上海世界书局出版的《美化文学名著丛刊》中收录了足本的《浮生六记》。

该足本是由一个叫王文濡的人提供的，据说他像当年的杨引传一样，也是在苏州的冷书摊上买到的。王文濡的名气可比杨引传大多了，他原名叫王承治，字均卿，别号学界闲民、天壤王郎、吴门老均、新旧废物等，曾先后在商务印书馆、中华书局、大东书局、文明书局、进步书局、鸿文书局、乐群书局及国学扶轮社等出版机构任编辑、总编辑，是近代著名学者、国学家。

足本《浮生六记》一经面世，立即引起了广泛的关注，尤其是那些“三白迷”们，简直都沸腾了。然而，人们的热情很快便冷却了下来。显然，就像当年的《红楼梦》一样，这后两卷并非沈三白原作，而是由别人代笔加上去的。因此，它不仅不能让读者满意，反而引起了极大的争议。从此以后，关于“足本”的真伪问题也成了学人们津津乐道的一个话题，并成为文学史上的一段公案。

经过众多学者的不懈努力，近些年我们对作者沈三白的了解总算有了一些进展。沈复（1763—1825年以后），字三白，号梅逸，清乾隆二十八年（1763）生于长洲（今江苏苏州）姑苏城南沧浪亭畔士族文人之家。没有参加过科举考试，曾以卖画维持生计，十九岁入幕，此后四十余年流转于全国各地，后到苏州从事酒业。他与妻子陈芸感情甚好，因遭家庭变故，夫妻曾旅居外地，历经坎坷。妻子死后，他去四川充当幕僚，此后情况不明。

三白少年时随父游宦读书，奉父命习幕，曾在安徽绩溪、上海青浦、江苏扬州、湖北荆州、山东莱阳等地做幕僚，中年经商。沈复平时好游山水，工诗善画，长于散文。除《浮生六记》外，诗稿散佚，仅存《望海》《雨中游山》及题画诗数首。

虽然所谓“足本”中的后两卷并非沈复原作，学界已经确定系伪作，但它毕竟提供了一个有趣的话题，所以我们在整理过程中仍然对其进行了保留，大家在阅读过程中不妨做个比较。

目录

卷一　闺房记乐

【题解】

本卷讲述了一对年轻夫妻从青梅竹马、两小无猜到情投意合、伉俪情深的感情历程，虽然描写的都是生活中的平淡场景，却于平淡中透出了人间的真情，夫妻二人一同游山玩水，一同赏月看花，一同谈文论诗，似一对神仙伴侣，不禁羡煞旁人。然而，欢乐中也潜藏着危机，一些违背当时礼法的做法，为他们将来的坎坷埋下了伏笔。

【原文】

余生乾隆癸未[①]冬十一月二十有二日，正值太平盛世，且在衣冠之家[②]，居苏州沧浪亭[③]畔，天之厚我可谓至矣。东坡云："事如春梦了无痕[④]。"苟不记之笔墨，未免有辜彼苍之厚。因思《关雎》[⑤]冠三百篇之首，故列夫妇于首卷，余以次递及焉。所愧少年失学，稍识之无[⑥]，不过记其实情实事而已，若必考订其文法，是责明于垢鉴[⑦]矣。

【注释】

①乾隆癸（guǐ）未：指乾隆二十八年，公元1763年。

②衣冠之家：指官宦、富贵人家。

③沧浪亭：苏州四大名园之一，五代时为吴越广陵王钱元璙的花园，后被宋代诗人苏舜钦买下，进行修筑，傍水造亭，因感于"沧浪之水清兮，可以濯吾缨；沧浪之水浊兮，可以濯吾足"，题名"沧浪亭"，自号沧浪翁，并作《沧浪亭记》。

④事如春梦了无痕：出自苏轼的《正月二十日与潘、郭二生出

郑寻春，忽记去年是日同至女王城作诗，乃和前韵》。

⑤《关雎（jū）》：《诗经》的首篇，描写了一位青年男子对一位美丽女子的恋慕与追求。

⑥稍识之无：识字不多，只识“之”字和“无”字，借指学识浅陋，为自谦之词。

⑦垢（gòu）鉴：沾满了灰尘的镜子。

【原文】

余幼聘金沙[①]于氏，八龄而夭。娶陈氏。陈名芸，字淑珍，舅氏心余先生女也，生而颖慧，学语时，口授《琵琶行》，即能成诵。四龄失怙[②]，母金氏，弟克昌，家徒壁立。芸既长，娴女红，三口仰其十指供给，克昌从师，脩脯[③]无缺。一日，于书簏[④]中得《琵琶行》，挨字而认，始识字。刺绣之暇，渐通吟咏，有“秋侵人影瘦，霜染菊花肥”之句。余年十三，随母归宁[⑤]，两小无嫌，得见所作，虽叹其才思隽秀，窃恐其福泽不深，然心注不能释，告母曰：“若为儿择妇，非淑姊不娶。”母亦爱其柔和，即脱金约指缔姻焉。此乾隆乙未[⑥]七月十六日也。

【注释】

①金沙：今江苏南通，清代设盐课使驻于此。

②失怙（hù）：失去父亲。

③脩（xiū）脯：旧时上学给老师的酬金。

④书簏（lù）：装书的竹箱子。

⑤归宁：已婚女子回娘家。

⑥乾隆乙未：乾隆四十年，公元1775年。

【原文】

是年冬，值其堂姊出阁[①]，余又随母往。芸与余同齿而长余十月，自幼姊弟相呼，故仍呼之曰淑姊。时但见满室鲜衣，芸独通体素淡，仅新其鞋而已。见其绣制精巧，询为己作，始知其慧心不仅在笔墨也。其形削肩长项，瘦不露骨，眉弯目秀，顾盼神飞，唯两齿微露，似非佳相。一种缠绵之态，令人之意也消。索观诗稿，有仅一联，或三四句，多未成篇者，询其故，笑曰："无师之作，愿得知己堪师者敲成[②]之耳。"余戏题其签曰"锦囊佳句[③]"。不知夭寿之机[④]此已伏矣。

【注释】

①出阁：指女子出嫁。

②敲成：经推敲修改之后成稿。

③锦囊佳句：典出李商隐《李长吉小传》："恒从小奚奴，骑距驴，背一古破锦囊，遇有所得，即书投囊中。"李长吉即诗鬼李贺，长吉是他的字。后人以"锦囊佳句"指代优美的文句，亦省作"锦囊句"。李贺年仅二十七岁而卒，故后面有"夭寿之机此已伏"之说。

④夭寿之机：短寿的预兆。

【原文】

是夜送亲城外，返已漏三下[①]，腹饥索饵[②]，婢妪以枣脯进，余嫌其甜。芸暗牵余袖，随至其室，见藏有暖粥并小菜焉，余欣然举箸。忽闻芸堂兄玉衡呼曰："淑妹速来！"芸急闭门曰："已疲乏，将卧矣。"玉衡挤身而入，见余将吃粥，乃笑睨[③]芸曰："顷[④]我索粥，汝曰'尽矣'，乃藏此专待汝婿耶？"芸大窘避去，上下哗笑之。余亦负气，挈老仆先归。自吃粥被嘲，再往，芸即避匿，余知其恐贻人笑也。

【注释】

①漏三下：指三更时分。漏，漏壶，古代的计时器具。

②饵（ěr）：指食物。

③睨（nì）：斜着眼睛瞧。

④顷：刚才。

【原文】

至乾隆庚子[①]正月二十二日花烛之夕，见瘦怯身材依然如昔，头巾既揭，相视嫣然。合卺[②]后，并肩夜膳，余暗于案下握其腕，暖尖滑腻，胸中不觉怦怦作跳。让之食，适逢斋期[③]，已数年矣。暗计吃斋之初，正余出痘之期，因笑谓曰："今我光鲜无恙，姊可从此开戒否？"芸笑之以目，点之以首。

【注释】

①乾隆庚子：乾隆四十五年，公元1780年。

②合卺（jǐn）：古时结婚礼仪的一部分，指新郎、新娘在结婚当天的新房内共饮交杯酒。卺，饮酒时所用的瓢。

③斋期：固定吃素的日子。

【原文】

廿四日为余姊于归[①]，廿三国忌[②]不能作乐，故廿二之夜即为余姊款嫁[③]。芸出堂陪宴，余在洞房与伴娘对酌，拇战辄北[④]，大醉而卧，醒则芸正晓妆未竟也。是日亲朋络绎，上灯后始作乐。廿四子正[⑤]，余作新舅送嫁，丑末归来，业已灯残人静。悄然入室，伴妪盹于床下，芸卸妆尚未卧，高烧银烛，低垂粉颈，不知观何书而出神若此，因抚其肩曰："姊连日辛苦，何犹孜孜不倦耶？"芸忙回首起立曰："顷正欲卧，开橱得此书，不觉阅之忘倦。《西厢》之名，闻之熟矣，今始得见，真不愧才子之名，但未免形容尖薄耳。"余笑曰："唯其才子，笔墨方能尖薄。"伴妪在旁促卧，令其闭门先去。遂与比肩调笑，恍同密友重逢。戏探其怀，亦怦怦作跳，因俯其耳曰："姊何心舂[6]乃尔耶？"芸回眸微笑，便觉一缕情丝摇人魂魄。拥之入帐，不知东方之既白。

【注释】

①于归：出嫁。

②国忌：古代皇帝或皇后去世的日子。

③款嫁：为嫁女儿而款待宾客。

④拇战辄北：划拳败北。

⑤子正：午夜十二点。

⑥心舂：心跳。

【原文】

芸作新妇，初甚缄默[1]，终日无怒容，与之言，微笑而已。事上以敬，处下以和，井井然未尝稍失。每见朝暾[2]上窗，即披衣急起，如有人呼促者然。余笑曰："今非吃粥比矣，何尚畏人嘲耶？"芸曰："曩[3]之藏粥待君，传为话柄，今非畏嘲，恐堂上道新娘懒惰耳。"余虽恋其卧而德其正，因亦随之早起。自此耳鬓相磨，亲同形影，爱恋之情，有不可以言语形容者。

【注释】

①缄默：沉默寡言。

②朝暾（tūn）：朝阳。

③曩（nǎng）：从前。

【原文】

而欢娱易过，转睫弥月[1]。时吾父稼夫公在会稽幕府[2]，专役相迓[3]，受业于武林[4]赵省斋先生门下。先生循循善诱，余今日之尚能握管[5]，先生力也。归来完姻时，原订随侍到馆。闻信之余，心甚怅然，恐芸之对人堕泪。而芸反强颜劝勉，代整行装，是晚但觉神色稍异而已。临行，向余小语曰："无人调护，自去经心。"及登舟解缆，正当桃李争妍之候，而余则恍同林鸟失群，天地异色。到馆后，吾父即渡江东去。

【注释】

①转睫弥月：转眼过了一个月。弥月，整月。

②会稽幕府：在会稽做幕僚。会稽，今浙江绍兴。

③专役相迓：专门来接我。迓，迎接。

④武林：杭州的别称，因杭州北靠武林山而得名。

⑤握管：指写文章。

【原文】

居三月，如十年之隔。芸虽时有书来，必两问一答，半多勉励词，余皆浮套语[1]，心殊怏怏[2]。每当风生竹院，月上蕉窗，对景怀人，梦魂颠倒。先生知其情，即致书吾父，出十题而遣余暂归，喜同戍人[3]得赦。登舟后，反觉一刻如年。

及抵家，吾母处问安毕，入房，芸起相迎，握手未通片语，而两人魂魄恍恍然化烟成雾，觉耳中惺然一响，不知更有此身矣。

【注释】

①浮套语：客套话。

②怏怏：没精打采的样子。

③戍人：古代守边官兵的通称。

【原文】

时当六月，内室炎蒸，幸居沧浪亭爱莲居西间壁，板桥内一轩临流，名曰“我取”，取“清斯濯缨，浊斯濯足[①]”意也。檐前老树一株，浓阴覆窗，人面俱绿。隔岸游人往来不绝，此吾父稼夫公垂帘宴客处也。禀命吾母，携芸消夏于此。因暑罢绣，终日伴余课书论古、品月评花而已。芸不善饮，强之可三杯，教以射覆[②]为令。自以为人间之乐，无过于此矣。

【注释】

①清斯濯（zhuó）缨，浊斯濯足：水清就洗帽子，水浊就洗脚，有委命任运、自得其乐的意思。语出《孟子·离娄》。

②射覆：一种酒令游戏，用相连字句隐物为谜而使人猜测，设谜的人称覆，猜谜的人称射。

【原文】

一日，芸问曰：“各种古文，宗何为是？”余曰：“《国策》《南华》[①]取其灵快；匡衡[②]、刘向取其雅健；史迁[③]、班固取其博大；昌黎[④]取其浑，柳州[⑤]取其峭，庐陵[⑥]取其宕，三苏取其辩。他若贾、董策对[⑦]，庾、徐骈体[⑧]，陆贽奏议，取资者不能尽举，在人之慧心领会耳。”芸曰：“古文全在识高气雄，女子学之恐难入彀[⑨]，唯诗之一道，妾稍有领悟耳。”余曰：“唐以诗取士，而诗之宗匠必推李、杜，卿爱宗何人？”芸发议曰：“杜诗锤炼精纯，李诗潇洒落拓，与其学杜之森严，不如学李之活泼。”余曰：“工部为诗家之大成，学者多宗之，卿独取李，何也？”芸曰：“格律谨严，词旨老当，诚杜所独擅。但李诗宛如姑射仙子[⑩]，有一种落花流水之趣，令人可爱。非杜亚于李，不过妾之私心宗杜心浅，爱李心深。”余笑曰：“初不料陈淑珍乃李青莲知己。”芸笑曰：“妾尚有启蒙师白乐天先生，时感于怀，未尝稍释。”余曰：“何谓也？”芸曰：“彼非作《琵琶行》者耶？”余笑曰：“异哉！

李太白是知己，白乐天是启蒙师，余适字三白，为卿婿，卿与‘白’字何其有缘耶？”芸笑曰：“白字有缘，将来恐白字连篇耳（吴音呼别字为白字）。”相与大笑。余曰：“卿既知诗，亦当知赋之弃取。”芸曰：“《楚辞》为赋之祖，妾学浅费解。就汉、晋人中调高语炼，似觉相如为最。”余戏曰：“当日文君之从长卿，或不在琴而在此乎？”复相与大笑而罢。

【注释】

①《南华》：《南华经》，即《庄子》。

②匡衡：西汉经学家，字稚圭，东海人，善说《诗经》。

③史迁：司马迁，西汉夏阳人，《史记》的作者。

④昌黎：即韩愈，唐代文学家，因祖籍昌黎，故世称韩昌黎。

⑤柳州：指柳宗元，唐代文学家，因曾被贬官柳州，故世称柳柳州。

⑥庐陵：指欧阳修，宋代文学家，江西庐陵人。

⑦贾、董策对：贾谊和董仲舒的策对。

⑧庾、徐骈体：庾信和徐陵的骈体文。

⑨入彀（gòu）：进入弓箭射程之内，比喻合乎一定的程式和标准。入，入门。彀，张满弓。

⑩姑射（yè）仙子：《庄子·逍遥游》中的仙女。

【原文】

余性爽直，落拓不羁；芸若腐儒，迂拘[1]多礼。偶为披衣整袖，必连声道“得罪”；或递巾授扇，必起身来接。余始厌之，曰：“卿欲以礼缚我耶？语[2]曰：‘礼多必诈。’”芸两颊发赤，曰：“恭而有礼，何反言诈？”余曰：“恭敬在心，不在虚文。”芸曰：“至亲莫如父母，可内敬在心而外肆狂放耶？”余曰：“前言戏之耳。”芸曰：“世间反目，多由戏起，后勿冤妾，令人郁死。”余乃挽之入怀，抚慰之，始解颜为笑。自此“岂敢”“得罪”竟成语助词矣。

【注释】

①迂拘：迂腐拘束，缺少变通。

②语：俗语。

【原文】

鸿案相庄[①]，廿有三年，年愈久而情愈密。家庭之内，或暗室相逢，窄途邂逅，必握手问曰：“何处去？”私心忒忒[②]，如恐旁人见之者。实则同行并坐，初犹避人，久则不以为意。芸或与人坐谈，见余至，必起立，偏挪其身，余就而并焉。彼此皆不觉其所以然者，始以为惭，继成不期然而然。独怪老年夫妇相视如仇者，不知何意？或曰：“非如是，焉得白头偕老哉？”斯言诚然欤[③]？

【注释】

①鸿案相庄：形容夫妻互相尊敬、十分恩爱。典出《后汉书·梁鸿传》：“为人赁舂，每归，妻为具食，不敢于鸿前仰视，举案齐眉。”意思是，每当丈夫梁鸿回家时，妻子孟光就托着放有饭菜的盘子，恭恭敬敬地送到丈夫面前。

②忒忒（tè）：忐忑的样子。

③欤（yú）：语气词，表示疑问、感叹、反诘等语气。

【原文】

是年七夕，芸设香烛瓜果，同拜天孙[①]于我取轩中。余镌[②]“愿生生世世为夫妇”图章二方，余执朱文，芸执白文，以为往来书信之用。

是夜月色颇佳，俯视河中，波光如练，轻罗小扇，并坐水窗，仰见飞云过天，变态万状。芸曰："宇宙之大，同此一月，不知今日世间，亦有如我两人之情兴否？"余曰："纳凉玩月，到处有之。若品论云霞，或求之幽闺绣闼[3]，慧心默证[4]者固亦不少。若夫妇同观，所品论者，恐不在此云霞耳。"未几，烛烬月沉，撤果归卧。

【注释】

①天孙：织女星。传说织女是玉帝的孙女。

②镌：雕刻。

③绣闼（tà）：女子的闺房。闼，门。

④默证：默默地体悟。

【原文】

七月望[1]，俗谓之鬼节，芸备小酌，拟邀月畅饮。夜忽阴云如晦，芸愀然[2]曰："妾能与君白头偕老，月轮当出。"余亦索然。但见隔岸萤光，明灭万点，梳织于柳堤蓼渚[3]间。余与芸联句[4]，以遣闷怀，而两韵之后，逾联逾纵，想入非夷，随口乱道。芸已漱涎涕泪，笑倒余怀，不能成声矣。觉其鬓边茉莉浓香扑鼻，因拍其背，以他词解之曰："想古人以茉莉形色如珠，故供助妆压鬓，不知此花必沾油头粉面之气，其香更可爱，所供佛手，当退三舍矣。"芸乃止笑曰："佛手乃香中君子，只在有意无意间；茉莉是香中小人，故须借人之势，其香也如胁肩谄笑[5]。"余曰："卿何远君子而近小人？"芸曰："我笑君子爱小人耳。"

【注释】

①七月望：农历七月十五。每月十五日称望。

②愀然：不高兴的样子。

③蓼（liǎo）渚：长满蓼草的水边。

④联句：即联句赋诗，一人出上联，另一人对下联。

⑤胁肩谄笑：耸着双肩谄媚地笑。

【原文】

正话间，漏已三滴[①]，渐见风扫云开，一轮涌出，乃大喜，倚窗对酌。酒未三杯，忽闻桥下哄然一声，如有人堕。就窗细瞩[②]，波明如镜，不见一物，惟闻河滩有只鸭急奔声。余知沧浪亭畔素有溺鬼，恐芸胆怯，未敢即言，芸曰："噫！此声也，胡为乎来哉？"不禁毛骨皆栗。急闭窗，携酒归房。一灯如豆，罗帐低垂，弓影杯蛇[③]，惊神未定。剔灯入帐，芸已寒热大作。余亦继之，困顿两旬[④]。真所谓乐极灾生，亦是白头不终之兆。

【注释】

①漏已三滴：半夜三更。

②瞩：注视。

③弓影杯蛇：即杯弓蛇影，意为疑神疑鬼。

④两旬：二十天。旬为计时单位，十天为一旬。

【原文】

中秋日，余病初愈。以芸半年新妇，未尝一至间壁之沧浪亭，先令老仆约守者，勿放闲人。于将晚时，偕芸及余幼妹，一妪一婢扶焉，老仆前导，过石桥，进门，折东曲径而入。叠石成山，林木葱翠，亭在土山之巅，循级至亭心，周望极目可数里。炊烟四起，晚霞烂然。隔岸名"近山林"，为大宪行台[①]宴集之地，时正谊书院[②]犹未启也。携一毯设亭中，席地环坐，守者烹茶以进。少焉，一轮明月已上林梢，渐觉风生袖底，月到波心，俗虑尘怀，爽然顿释。芸曰："今日之游乐矣，若驾一叶扁舟，往来亭下，不更快哉。"时已上灯，忆及七月十五夜之惊，相扶下亭而归。吴俗，妇女是晚不拘大家小户皆出，结队而游，名曰"走月亮"。沧浪亭幽雅清旷，反无一人至者。

【注释】

①大宪行台：官员出巡时的驻地。

②正谊书院：位于沧浪亭北面，公元1805年由两江总督铁保和江苏巡抚汪志伊创建。

【原文】

吾父稼夫公喜认义子，以故余异姓弟兄有二十六人。吾母亦有义女九人，九人中王二姑、俞六姑与芸最和好。王痴憨善饮，俞豪爽善谈。每集，必逐余居外，而得三女同榻，此俞六姑一人计也。余笑曰："俟[①]妹于归后，我当邀妹丈来，一住必十日。"俞曰："我亦来此，与嫂同榻，不大妙耶？"芸与王微笑而已。

时为吾弟启堂娶妇，迁居饮马桥之仓米巷，屋虽宏畅，非复沧浪亭之幽雅矣。吾母诞辰演剧，芸初以为奇观。吾父素无忌讳，点演《惨别》等剧，老伶刻画，见者情动。余窥帘，见芸忽起去，良久不出，入内探之，俞与王亦继至。见芸一人支颐[②]独坐镜奁之侧，余曰："何不快乃尔？"芸曰："观剧原以陶情，今日之戏徒令人断肠耳。"俞与王皆笑之。余曰："此深于情者也。"俞曰："嫂将竟日独坐于此耶？"芸曰："俟有可观者再往耳。"王闻言先出，请吾母点《刺梁》[③]《后索》[④]等剧，劝芸出观，始称快。

【注释】

①俟：等。

②颐：面颊，腮。

③《刺梁》：清代戏曲家朱佐朝所写《渔家乐》中的一折，讲的是渔家女为父报仇的故事。

④《后索》：清代戏曲家姚子懿《后寻亲记》中的一折。

【原文】

余堂伯父素存公早亡，无后，吾父以余嗣[①]焉。墓在西跨塘福寿山祖茔之侧，每年春日，必挈芸拜扫。王二姑闻其地有戈园之胜，请同往。芸见地下小乱石有苔纹，斑驳可观，指示余曰："以此叠盆山，较宣州[②]白石为古致。"余曰："若此者，恐难多得。"王曰："嫂果爱此，我为拾之。"即向守坟者借麻袋一，鹤步而拾之。每得一块，余曰"善"，即收之；余曰"否"，即去之。未几，粉汗盈盈，拽袋返曰："再拾则力不胜矣。"芸且拣且言曰："我闻山果收获，必借猴力，果然。"王愤撮十指作哈痒状，余横阻之，责芸曰："人劳汝逸，犹作此语，无怪妹之动愤也。"

归途游戈园，稚绿娇红，争妍竞媚。王素憨，逢花必折，芸叱曰："既无瓶养，又不簪戴，多折何为？"王曰："不知痛痒者，何害？"余笑曰："将来罚嫁麻面多须郎，为花泄忿。"王怒余以目，掷花于地，以莲钩[③]拨入池中，曰："何欺侮我之甚也！"芸笑解之而罢。

【注释】

①嗣：过继。

②宣州：今安徽宣城。

③莲钩：旧时女子缠的小脚，形状如钩，故称。

【原文】

芸初缄默，喜听余议论。余调其言[①]，如蟋蟀之用纤草，渐能发议。

其每日饭必用茶泡，喜用茶泡食芥卤乳腐，吴俗呼为臭乳腐，又喜食虾卤瓜。此二物余生平所最恶者，因戏之曰："狗无胃而食粪，以其不知臭秽；蜣螂团粪而化蝉，以其欲修高举[②]也。卿其狗耶？蝉耶？"芸曰："腐取其价廉而可粥可饭，幼时食惯。今至君家，已如蜣螂化蝉，犹喜食之者，不忘本也。至卤瓜之味，到此初尝耳。"余曰："然则我家系狗窦[③]耶？"芸窘而强解曰："夫粪，人家皆有之，要在食与不食之别耳。然君喜食蒜，妾亦强啖之。腐不敢强，瓜可掩鼻略尝，入咽当知其美，此犹无盐[④]貌丑而德美也。"余笑曰："卿陷我作狗耶？"芸曰："妾作狗久矣，屈君试尝之。"以箸强塞余口。余掩鼻咀嚼之，似觉脆美，开鼻再嚼，竟成异味，从此亦喜食。

芸以麻油加白糖少许拌卤腐，亦鲜美；以卤瓜捣烂拌卤腐，名之曰双鲜酱，有异味。余曰："始恶而终好之，理之不可解也。"芸曰："情之所钟，虽丑不嫌。"

【注释】

①调其言：引逗她说话。

②高举：向高处飞。

③狗窦：狗洞。

④无盐：战国时代齐国无盐邑女子钟离春，貌丑而有德，因自谒齐宣王，被纳为后。此后以"无盐"代指钟离春。

【原文】

余启堂弟妇，王虚舟先生孙女也，催妆[①]时偶缺珠花，芸出其纳采[2]所受者呈吾母，婢妪旁惜之。芸曰："凡为妇人，已属纯阴，珠乃纯阴之精，用为首饰，阳气全克矣，何贵焉？"而于破书残画，反极珍惜。书之残缺不全者，必搜集分门，汇订成帙，统名之曰"继简残编"；字画之破损者，必觅故纸，粘补成幅，有破缺处，倩予全好而卷之，名曰"弃余集赏"。于女红、中馈[3]之暇，终日琐琐，不惮烦倦。芸于破笥[4]烂卷中，偶获片纸可观者，如得异宝。旧邻冯妪每收乱卷卖之。

【注释】

①催妆：古代女子出嫁，须经过男方多次催促方才梳妆起行，以示不忘娘家，故称"催妆"。

②纳采：订婚时男方给女方的聘礼。

③中馈（kuì）：家庭妇女操持饮食之事。

④笥（sì）：盛食物或衣物的方形竹筐。

【原文】

其癖好与余同，且能察眼意，懂眉语，一举一动，示之以色，无不头头是道。余尝曰："惜卿雌而伏，苟能化女为男，相与访名山，搜胜迹，遨游天下，不亦快哉！"芸曰："此何难，俟妾鬓斑[1]之后，虽不能远游五岳，而近地之虎阜[2]、灵岩[3]，南至西湖，北至平山[4]，尽可偕游。"余曰："恐卿鬓斑之日，步履已艰。"芸曰："今世不能，期以来世。"余曰："来世卿当作男，我为女子相从。"芸曰："必得不昧今生[5]，方觉有情趣。"余笑曰："幼时一粥，犹谈不了，若来世不昧今生，合卺之夕，细谈隔世，更无合眼时矣。"芸曰："世传月下老人专司人间婚姻事，今生夫妇已承牵合，来世姻缘，亦须仰借神力，盍绘一像祀之？"时有苕溪戚柳堤名遵，善写人物。倩绘一像：一手挽红丝，一手携杖，悬姻缘簿，童颜鹤发，奔驰于非烟非雾中。此戚君得意笔也。友人石琢堂[6]为题赞语于首，悬之内室。每逢朔望，余夫妇必焚香拜祷。后因家庭多故，此画竟失所在，不知落在谁家矣。“他生未卜此生休”，两人痴情，果邀神鉴[7]耶？

【注释】

①鬓斑：鬓角斑白，指人上岁数。

②虎阜（fù）：即苏州虎丘。

③灵岩：山名，在苏州城外，山脚下有石室，据说是吴王囚禁范蠡的地方。

④平山：山名，在今江苏扬州。

⑤不昧今生：不忘记今生的一切。昧，糊涂。

⑥石琢堂：江苏吴江人，名韫玉，字执如，琢堂为其号，乾隆五十五年（1790）状元及第，曾任山东按察使，后罢归。

⑦鉴：见证。

【原文】

迁仓米巷，余颜[1]其卧楼曰“宾香阁”，盖以芸名而取如宾意也。院窄墙高，一无可取。后有厢楼，通藏书处，开窗对陆氏废园，但有荒凉之象。沧浪风景，时切芸怀。

有老妪居金母桥之东，埂巷之北，绕屋皆菜圃，编篱为门。门外有池，约亩许，花光树影，错杂篱边，其地即元末张士诚[2]王府废基也。屋西数武[3]，瓦砾堆成土山，登其巅可远眺，地旷人稀，颇饶野趣。妪偶言及，芸神往不置[4]，谓余曰：“自别沧浪，梦魂常绕，今不得已而思其次，其老妪之居乎？”余曰：“连朝秋暑灼人，正思得一清凉地以消长昼，卿若愿往，我先观其家可居，即襆被[5]而往，作一月盘桓，何如？”芸曰：“恐堂上不许。”余曰：“我自请之。”越日，至其地，屋仅二间，前后隔而为四，纸窗竹榻，颇有幽趣。老妪知余意，欣然出其卧室为赁，四壁糊以白纸，顿觉改观。于是禀知吾母，挈芸居焉。邻仅老夫妇二人，灌园为业，知余夫妇避暑于此，先来通殷勤，并钓池鱼、摘园蔬为馈。偿其价，不受，芸作鞋报之，始谢而受。

【注释】

①颜：堂上或门上的楣，此处指在门楣上题字。

②张士诚：元末泰州人，曾起兵反元，自称诚王，后降元，被明将俘虏，自缢而死。

③武：量词，二武为一步。

④不置：指一念在心，不能放弃。

⑤襆被：用包袱裹被子，这里指收拾行装。

【原文】

时方七月，绿树阴浓，水面风来，蝉鸣聒[①]耳。邻老又为制鱼竿，与芸垂钓于柳阴深处。日落时，登土山，观晚霞夕照，随意联吟，有“兽云吞落日，弓月弹流星”之句。少焉，月印池中，虫声四起，设竹榻于篱下，老妪报酒温饭熟，遂就月光对酌，微醺而饭。浴罢，则凉鞋蕉扇，或坐或卧，听邻老谈因果报应事。三鼓归卧，周体清凉，几不知身居城市矣。篱边倩邻老购菊，遍植之。九月花开，又与芸居十日。吾母亦欣然来观，持螯[②]对菊，赏玩竟日。芸喜曰：“他年当与君卜筑[③]于此，买绕屋菜园十亩，课仆妪，植瓜蔬，以供薪水。君画我绣，以为诗酒之需。布衣菜饭，可乐终身，不必作远游计也。”余深然之。今即得有境地，而知己沦亡，可胜浩叹！

【注释】

①聒：嘈杂。

②螯（áo）：螃蟹。

③卜筑：择地建房。

【原文】

离余家半里许，醋库巷有洞庭君祠[①]，俗呼水仙庙。回廊曲折，小有园亭，每逢神诞[②]，众姓各认一落，密悬一式之玻璃灯，中设宝座，旁列瓶几，插花陈设，以较胜负。日惟演戏，夜则参差高下，插烛于瓶花间，名曰“花照”。花光灯影，宝鼎香浮，若龙宫夜宴。司事者或笙箫歌唱，或煮茗清谈，观者如蚁集，檐下皆设栏为限。余为众友邀去，插花布置，因得躬逢其盛。

归家向芸艳称之，芸曰：“惜妾非男子，不能往。”余曰：“冠我冠，衣我衣，亦化女为男之法也。”于是易髻为辫，添扫蛾眉；加余冠，微露两鬓，尚可掩饰；服余衣，长一寸又半；于腰间折而缝之，外加马褂。芸曰：“脚下将奈何？”余曰：“坊间有蝴蝶履[③]，小大由之，购亦极易，且早晚可代撒鞋[④]之用，不亦善乎？”芸欣然。

【注释】

①洞庭君祠：祭祀太湖神的祠庙，位于苏州醋库巷右苍龙堂，于20世纪50年代被毁。

②神诞：太湖神的诞辰。

③蝴蝶履：旧时女子穿的一种蝴蝶式的鞋子，鞋面中间有接缝。

④撒鞋：拖鞋。

【原文】

及晚餐后，装束既毕，效男子拱手阔步者良久，忽变卦曰：“妾不去矣，为人识出既不便，堂上闻之又不可。”余怂愚曰："庙中司事者谁不知我，即识出，亦不过付之一笑耳。吾母现在九妹丈家，密去密来，焉得知之？"芸揽镜自照，狂笑不已。余强挽之，悄然径去。遍游庙中，无识出为女子者。或问何人，以表弟对，拱手而已。最后至一处，有少妇、幼女坐于所设宝座后，乃杨姓司事者之眷属也。芸忽趋彼，通款曲[①]，身一侧，而不觉一按少妇之肩，旁有婢媪怒而起曰："何物狂生，不法乃尔！"余欲为措词掩饰，芸见势恶，即脱帽翘足示之曰："我亦女子耳。"相与愕然，转怒为欢。留茶点，唤肩舆[②]送归。

【注释】

①通款曲：搭话，闲谈。

②肩舆：轿子。

【原文】

吴江[①]钱师竹病放，吾父信归，命余往吊。芸私谓余曰："吴江必经太湖，妾欲偕往，一宽眼界。"余曰："正虑独行踽踽[②]，得卿同行固妙，但无可托词耳。"芸曰："托言归宁。君先登舟，妾当继至。"余曰："若然，归途当泊舟万年桥下，与卿待月乘凉，以续沧浪韵事[③]。"

时六月十八日也。是日早凉，携一仆先至胥江[④]渡口，登舟而待，芸果肩舆至。解维出虎啸桥，渐见风帆沙鸟，水天一色。芸曰："此即所谓太湖耶？今得见天地之宽，不虚此生矣。想闺中人有终身不能见此者。"闲话未几，风摇岸柳，已抵江城。

【注释】

①吴江：县名，今属苏州。

②踽踽（jǔ）：孤独的样子。

③沧浪韵事：指前文所述八月十五游沧浪亭的事。

④胥江：古运河，呈东西向穿过苏州，相传因伍子胥而得名。

【原文】

余登岸拜奠毕，归视舟中洞然[①]，急询舟子。舟子指曰："不见长桥柳阴下，观鱼鹰捕鱼者乎？"盖芸已与船家女登岸矣。余至其后，芸犹粉汗盈盈，倚女而出神焉。余拍其肩曰："罗衫汗透矣。"芸回首曰："恐钱家有人到舟，故暂避之。君何回来之速也？"余笑曰："欲捕逃耳。"

于是相挽登舟，返棹至万年桥下，阳乌[②]犹未落也。舟窗尽落，清风徐来，纨扇罗衫，剖瓜解暑。少焉，霞映桥红，烟笼柳暗，银蟾[③]欲上，渔火满江矣。

【注释】

①洞然：空空的样子。

②阳乌：太阳。古代传说太阳里有三足乌，故以"乌"指代太阳。

③银蟾：月亮。古代说月亮上有蟾蜍、玉兔，故常以蟾和兔来指代月亮。

【原文】

命仆至船梢与舟子同饮。船家女名素云，与余有杯酒交，人颇不俗，招之与芸同坐。船头不张灯火，待月快酌，射覆为令。素云双目闪闪，听良久，曰："觞政[①]侬[②]颇娴习，从未闻有斯令，愿受教。"芸即譬其言而开导之，终茫然。余笑曰："女先生且罢论，我有一言作譬，即了然矣。"芸曰："君若何譬之？"余曰："鹤善舞而不能耕，牛善耕而不能舞，物性然也。先生欲反而教之，无乃劳乎？”素云笑捶余肩曰：“汝骂我耶！”芸出令曰：“只许动口，不许动手。违者罚大觥。”素云量豪，满斟一觥，一吸而尽。余曰：“动手但准摸索，不准捶人。”芸笑挽素云，置余怀，曰：“请君摸索畅怀。”余笑曰：“卿非解人，摸索在有意无意间耳。拥而狂探，田舍郎之所为也。”时四鬟所簪茉莉，为酒气所蒸，杂以粉汗油香，芳馨透鼻。余戏曰：“小人臭味充满船头，令人作恶。”素云不禁握拳连捶曰：“谁教汝狂嗅耶？”芸呼曰：“违令，罚两大觥。”素云曰：“彼又以小人骂我，不应捶耶？”芸曰：“彼之所谓小人，盖有故也。请干此，当告汝。”素云乃连尽两觥，芸乃告以沧浪旧居乘凉事。素云曰：“若然，真错怪矣。当再罚。”又干一觥[3]。芸曰：“久闻素娘善歌，可一聆妙音否？”素即以象箸[4]击小碟而歌。芸欣然畅饮，不觉酩酊，乃乘舆先归。余又与素云茶话片刻，步月而回。

【注释】

①觞政：宴席上喝酒的规矩，即酒令。

②侬：吴人自称，即“我”。

③觥（gōng）：古代一种兽形的酒杯。

④象箸：象牙筷子。

【原文】

时余寄居友人鲁半舫[1]家萧爽楼中。越数日，鲁夫人误有所闻，私告芸曰：“前日闻若婿挟两妓饮于万年桥舟中，子知之否？”芸曰：“有之，其一即我也。”因以偕游始末详告之，鲁大笑，释然而去。

乾隆甲寅[2]七月，余自粤东归。有同伴携妾回者，曰徐秀峰，余之表妹婿也。艳称新人之美，邀芸往观。芸他日谓秀峰曰："美则美矣，韵犹未也。"秀峰曰："然则若郎纳妾，必美而韵者乎？"芸曰："然。"从此痴心物色，而短于资。

时有浙妓温冷香者，寓于吴，有《咏柳絮》四律，沸传吴下，好事者多和之。余友吴江张闲憨素赏冷香，携柳絮诗索和。芸微[3]其人而置之。余技痒而和其韵，中有"触我春愁偏婉转，撩他离绪更缠绵"之句，芸甚击节[4]。

【注释】

①鲁半舫：江苏吴县人，姓鲁名璋，字近人，半舫是他的号。

②乾隆甲寅：乾隆五十九年，即公元1794年。

③微：轻视。

④击节：因赞赏而拍掌。

【原文】

明年乙卯[1]秋八月五日，吾母将挈芸游虎丘，闲憨忽至曰："余亦有虎丘之游，今日特邀君作探花使者。"因请吾母先行，期于虎丘半塘相晤，拉余至冷香寓。见冷香已半老，有女名憨园，瓜期[2]未破，亭亭玉立，真"一泓秋水照人寒[3]"者也。款接间，颇知文墨。有妹文园，尚雏。余此时初无痴想，且念一杯之叙，非寒士所能酬，而既入个中，私心忐忑，强为酬答。因私谓闲憨曰："余贫士也，子以尤物玩我乎？"闲憨笑曰："非也，今日有友人邀憨园答我，席主为尊客拉去，我代客转邀客，毋烦他虑也。"余始释然。

【注释】

①乙卯：乾隆六十年，即公元1795年。

②瓜期：女子满十六岁。因“瓜”字分开为两个“八”，故以瓜期指代十六，女子过了十六岁称为“破瓜”。

③一泓秋水照人寒：化用唐代崔珏《有赠》中诗句，原诗为“一眸春水照人寒”。

【原文】

至半塘，两舟相遇，令憨园过舟，叩见吾母。芸、憨相见，欢同旧识，携手登山，备览名胜。芸独爱千顷云高旷，坐赏良久。返至野芳滨，畅饮甚欢，并舟而泊。及解维，芸谓余曰：“子陪张君，留憨陪妾，可乎？”余诺之。返棹至都亭桥，始过船分袂[①]。归家已三鼓，芸曰：“今日得见美而韵者矣，顷已约憨园明日过我，当为子图之。”余骇曰：“此非金屋不能贮，穷措大[②]岂敢生此妄想哉？况我两人伉俪正笃，何必外求？”芸笑曰：“我自爱之，子姑待之。”

明午，憨果至。芸殷勤款接，筵中以猜枚赢吟输饮为令，终席无一罗致[③]语。及憨园归，芸曰：“顷又与密约，十八日来此，结为姊妹，子宜备牲牢[④]以待。”笑指臂上翡翠钏曰：“若见此钏属于憨，事必谐矣，顷已吐意，未深结其心也。”余姑听之。

【注释】

①分袂：分手。袂，衣袖。

②穷措大：穷书生。措大，亦作醋大，指代酸腐的读书人。

③罗致：弄到手。

④牲牢：供祭祀用的牛、羊、猪等牲畜。

【原文】

十八日，大雨，憨竟冒雨至。入室良久，始挽手出，见余有羞色，盖翡翠钏已在憨臂矣。焚香结盟后，拟再续前饮，适憨有石湖之游，即别去。芸欣然告余曰：“丽人已得，君何以谢媒耶？”余询其详，芸曰：“向之秘言，恐憨意另有所属也，顷探之无他，语之曰：‘妹知今日之意否？’憨曰：‘蒙夫人抬举，真蓬蒿倚玉树[①]也，但吾母望我奢，恐难自主耳，愿彼此缓图之。’脱钏上臂时，又语之曰：‘玉取其坚，且有团圞[②]不断之意，妹试笼之，以为先兆。’憨曰：‘聚合之权，总在夫人也。’即此观之，憨心已得，所难必者，冷香耳，当再图之。”余笑曰：“卿将效笠翁[③]之《怜香伴》[④]耶？”芸曰：“然。”自此无日不谈憨园矣。

后憨为有力者夺去，不果。芸竟以之死。

【注释】

①蓬蒿倚玉树：有高攀之意。蓬蒿，泛指野草。

②团圞（luán）：团圆。

③笠翁：李渔，清代戏曲家，号笠翁，江苏如皋人。

④《怜香伴》：李渔的剧作，讲的是妻子为丈夫娶妾的故事。

卷二 闲情记趣

【题解】

作者是一个热爱生活，对生活充满了好奇心的人，这让他能够从平淡的生活中寻到无尽的快乐。本卷讲的是作者对于自己的爱好的心得，比如养花种草、盆景园林、吟诗作画等。虽然作者的物质生活并不是很富裕，但他能够自得其乐，在他看来，培养一个爱好并不一定要花费多少金钱去购置材料，节俭并不意味着寒酸，只要肯花心思，那些奇思妙想就可以不断提高生活的品位，增加人生的情趣。

【原文】

余忆童稚时，能张目对日，明察秋毫。见藐小微物，必细察其纹理，故时有物外之趣。夏蚊成雷[①]，私拟[②]作群鹤舞空，心之所向，则或千或百，果然鹤也。昂首观之，项为之强[③]。又留蚊于素帐中，徐喷以烟，使其冲烟飞鸣，作青云白鹤观，果如鹤唳云端，怡然称快。

于土墙凹凸处、花台小草丛杂处，常蹲其身，使与台齐，定神细视，以丛草为林，以虫蚁为兽，以土砾凸者为丘，凹者为壑，神游其中，怡然自得。一日，见二虫斗草间，观之正浓，忽有庞然大物拔山倒树而来，盖一癞虾蟆也，舌一吐而二虫尽为所吞。余年幼，方出神，不觉呀然惊恐。神定，捉虾蟆，鞭数十，驱之别院。

年长思之，二虫之斗，盖图奸不从[④]也。古语云“奸近杀[⑤]”，虫亦然耶？贪此生涯，卵为蚯蚓所哈[⑥]（吴俗称阳曰卵），肿不能便，捉鸭开口哈之，婢妪偶释手，鸭颠其颈作吞噬状，惊而大哭，传为语柄。此皆幼时闲情也。

【注释】

①夏蚊成雷：夏天蚊子极多，发出的声音像雷一样，用的是夸张手法。

②私拟：内心想象。

③项为之强：脖子因此僵硬。

④图奸不从：图谋做坏事而不顺应自然。

⑤奸近杀：奸邪之行容易招来杀身之祸。

⑥哈：哈气。因小孩子穿开裆裤，久蹲在地，容易被蚊虫侵袭。这里说蚯蚓哈气致疾，应当是误传。

【原文】

及长，爱花成癖，喜剪盆树。识张兰坡[①]，始精剪枝养节之法，继悟接花叠石之法。花以兰为最，取其幽香韵致也，而瓣品之稍堪入谱[②]者不可多得。兰坡临终时，赠余荷瓣素心春兰一盆，皆肩平心阔，茎细瓣净，可以入谱者，余珍如拱璧[③]，值余幕游于外，芸能亲为灌溉，花叶颇茂。不二年，一旦忽萎死，起根视之，皆白如玉，且兰芽勃然。初不可解，以为无福消受，浩叹而已。事后始悉有人欲分不允，故用滚汤[④]灌杀也。从此誓不植兰。次取杜鹃，虽无香而色可久玩，且易剪裁。以芸惜枝怜叶，不忍畅剪[⑤]，故难成树。其他盆玩皆然。

【注释】

①张兰坡：扬州人，为清代名臣阮元的姻侄。

②入谱：被选入花谱。

③拱璧：大玉璧，指珍贵的宝贝。

④滚汤：开水。

⑤畅剪：彻底地裁剪。

【原文】

惟每年篱东[①]菊绽，秋兴成癖。喜摘插瓶，不爱盆玩。非盆玩不足观，以家无园圃，不能自植，货于市者，俱丛杂无致[②]，故不取耳。其插花朵，数宜单，不宜双。每瓶取一种，不取二色，瓶口取阔大，不取窄小，阔大者舒展不拘。自五七花至三四十花，必于瓶口中一丛怒起，以不散漫、不挤轧、不靠瓶口为妙，所谓“起把宜紧”也。或亭亭玉立，或飞舞横斜。花取参差，间以花架，以免飞钹耍盘[③]之病；叶取不乱，梗取不强，用针宜藏，针长宁断之，毋令针针露梗，所谓“瓶口宜清”也。视桌之大小，一桌三瓶至七瓶而止，多则眉目不分，即同市井之菊屏矣。几之高低，自三四寸至二尺五六寸而止，必须参差高下，互相照应，以气势联络为上。若中高两低，后高前低，成排对列，又犯俗所谓“锦灰堆[④]”矣。或密或疏，或进或出，全在会心者得画意乃可。

【注释】

①篱东：即东篱。陶渊明有“采菊东篱下”的诗句，故后人以东篱借指种菊之处。

②致：韵味。

③飞钹（bó）耍盘：指杂技表演。

④锦灰堆：又名“拾破画”，一种带有游戏色彩的绘画艺术，书房的一角、翻开的字帖、废弃的画稿、私札、短简等，将其加以组织，形成风格独特的绘画。

【原文】

若盆碗盘洗[①]，用漂青、松香、榆皮、面和油，先熬以稻灰，收成胶。以铜片按钉向上，将膏火化，粘铜片于盘碗盆洗中。俟冷，将花用铁丝扎把，插于钉上，宜偏斜取势，不可居中，更宜枝疏叶清，不可拥挤。然后加水，用碗沙少许掩铜片，使观者疑丛花生于碗底方妙。

若以木本花果插瓶，剪裁之法（不能色色自觅，倩[②]人攀折者，每不合意），必先执在手中，横斜以观其势，反侧以取其态。相定之后，剪去杂枝，以疏瘦古怪为佳。再思其梗如何入瓶，或折或曲，插入瓶口，方免背叶侧花之患。若一枝到手，先拘定其梗之直者插瓶中，势必枝乱梗强，花侧叶背，既难取态，更无韵致矣。折梗打曲之法，锯其梗之半而嵌以砖石。则直者曲矣，如患梗倒，敲一二钉以筦[③]之。即枫叶竹枝，乱草荆棘，均堪入选。或绿竹一竿，配以枸杞[④]数粒，几茎细草，伴以荆棘两枝。苟位置得宜，另有世外之趣。若新栽花木，不妨歪斜取势，听其叶侧，一年后枝叶自能向上。如树树直栽，即难取势矣。

【注释】

①洗：笔洗，写字画画时用以清洗毛笔的器具，一般为瓷器，形似水盆，口略收。

②倩：请。

③筦（guǎn）：约束，固定。

④枸杞：木名，夏秋开淡紫色的花，果实为枸杞子，可入药。

【原文】

至剪裁盆树，先取根露鸡爪[①]者，左右剪成三节，然后起枝。一枝一节，七枝到顶，或九枝到顶。枝忌对节如肩臂，节忌臃肿如鹤膝。须盘旋出枝，不可光留左右，以避赤胸露背之病。又不可前后直出。有名双起三起者，一根而起两三树也。如根无爪形，便成插树，故不取。然一树剪成，至少得三四十年。余生平仅见吾乡万翁名彩章者，一生剪成数树。又在扬州商家见有虞山[②]游客携送黄杨、翠柏各一盆，惜乎明珠暗投，余未见其可也。若留枝盘如宝塔，扎枝曲如蚯蚓者，便成匠气矣。

点缀盆中花石，小景可以入画，大景可以入神。一瓯[③]清茗，神能趋入其中，方可供幽斋之玩。种水仙无灵璧石[④]，余尝以炭之有石意者代之。黄芽菜心，其白如玉，取大小五七枝，用沙土植长方盘内，以炭代石，黑白分明，颇有意思。以此类推，幽趣无穷，难以枚举。如石菖蒲[⑤]结子，用冷米汤同嚼喷炭上，置阴湿地，能长细菖蒲，随意移养盆碗中，茸茸可爱。以老莲子磨薄两头，入蛋壳，使鸡翼之，俟雏成取出，用久年燕巢泥加天门冬[⑥]十分之二，捣烂拌匀，植于小器中，灌以河水，晒以朝阳，花发大如酒杯，叶缩如碗口，亭亭可爱。

【注释】

①鸡爪：根形似鸡爪。

②虞山：山名，位于现在的江苏常熟。

③瓯（ōu）：一杯。

④灵璧石：一种点缀盆景的小石头。

⑤石菖蒲：草本植物，形似菖蒲，但植株矮小，叶细长，多栽培供观赏，根茎可入药。

⑥天门冬：百合科草本植物，块根可入药。

【原文】

若夫园亭楼阁，套室回廊，叠石成山，栽花取势，又在大中见小，小中见大，虚中有实，实中有虚，或藏或露，或浅或深。不仅在周回曲折四字，又不在地广石多，徒烦工费。或掘地堆土成山，间以块石，杂以花草，篱用梅编，墙以藤引，则无山而成山矣。大中见小者，散漫处植易长之竹，编易茂之梅以屏之。小中见大者，窄院之墙宜凹凸其形，饰以绿色，引以藤蔓，嵌大石，凿字作碑记形，推窗如临石壁，便觉峻峭无穷。虚中有实者，或山穷水尽处，一折而豁然开朗；或轩阁设厨处，一开而可通别院。实中有虚者，开门于不通之院，映以竹石，如有实无也；设矮栏于墙头，如上有月台[①]而实虚也。

贫士屋少人多，当仿吾乡太平船[②]后梢之位置，再加转移。其间台级为床，前后借凑，可作三榻，间以板而裱以纸，则前后上下皆越绝[③]，譬之如行长路，即不觉其窄矣。余夫妇侨寓扬州时，曾仿此法，屋仅两椽[④]，上下卧室、厨灶、客座皆越绝而绰然有余。芸曾笑曰："位置虽精，终非富贵家气象也。"是诚然欤？

【注释】

①月台：露天平台。

②太平船：一种专用于游览的船。《扬州画舫录》中说："沙飞重檐飞舻，有小卷棚者谓之太平船。"

③越绝：隔绝。

④椽：房子的间数。

【原文】

余扫墓山中，检有峦纹可观之石，归与芸商曰：“用油灰叠宣州石于白石盆，取色匀也。本山黄石虽古朴，亦用油灰，则黄白相间，凿痕毕露，将奈何？”芸曰：“择石之顽劣者，捣末于灰痕处，乘湿糁[1]之，干或色同也。”乃如其言，用宜兴窑长方盆叠起一峰，偏于左而凸于右，背作横方纹，如云林[2]石法，巉岩凹凸，若临江石矶状。虚一角，用河泥种千瓣白萍；石上植茑萝[3]，俗呼云松。经营数日乃成。

至深秋，茑萝蔓延满山，如藤萝之悬石壁，花开正红色，白萍亦透水大放，红白相间。神游其中，如登蓬岛。置之檐下，与芸品题：此处宜设水阁，此处宜立茅亭，此处宜凿六字曰“落花流水之间”，此可以居，此可以钓，此可以眺。胸中丘壑，若将移居者然。一夕，猫奴争食，自檐而堕，连盆与架，顷刻碎之。余叹曰：“即此小经营，尚干[4]造物忌耶？”两人不禁泪落。

【注释】

①糁（sǎn）：混合。

②云林：元代画家倪瓒（1301—1374），号云林，江苏无锡人，工画枯笔山水，山石喜用折带皴法。

③茑萝：一年生蔓生植物，花冠红色，呈五角形状。

④干：犯。

【原文】

静室焚香，闲中雅趣。芸尝以沉速[1]等香，于饭镬[2]蒸透，在炉上设一铜丝架，离火半寸许，徐徐烘之，其香幽韵而无烟。佛手忌醉鼻嗅，嗅则易烂；木瓜忌出汗，汗出，用水洗之。惟香橼[3]无忌。佛手、木瓜亦有供法，不能笔宣。每有人将供妥者随手取嗅，随手置之，即不知供法者也。

余闲居，案头瓶花不绝。芸曰："子之插花，能备风晴雨露，可谓精妙入神。而画中有草虫一法，盍仿而效之。"余曰："虫踯躅[4]不受制，焉能仿效？"芸曰："有一法，恐作俑[5]罪过耳。"余曰："试言之。"曰："虫死色不变，觅螳螂、蝉、蝶之属，以针刺死，用细丝扣虫项，系花草间，整其足，或抱梗，或踏叶，宛然如生，不亦善乎？"余喜，如其法行之，见者无不称绝。求之闺中，今恐未必有此会心者矣。

【注释】

①沉速：香木名，入水能沉的叫沉香，轻虚能浮的叫速香。

②镬（huò）：大锅。

③香橼（yuán）：一种常绿乔木，果实长圆形，黄色，可供观赏。

④踯躅（zhí zhú）：徘徊，此处指昆虫蹦跳的样子。

⑤作俑：制作殉葬用的佣人，此处比喻首开恶例。

【原文】

余与芸寄居锡山[1]华氏，时华夫人以两女从芸识字。乡居院旷，夏日逼人。芸教其家作活花屏，法甚妙。每屏一扇，用木梢[2]二枝，约长四五寸，作矮条凳式，虚其中，横四挡，宽一尺许，四角凿圆眼，插竹编方眼。屏约高六七尺，用砂盆种扁豆置屏中，盘延屏上，两人可移动。多编数屏，随意遮拦，恍如绿阴满窗，透风蔽日，纡回曲折，随时可更，故曰活花屏。有此一法，即一切藤本香草随地可用。此真乡居之良法也。

【注释】

①锡山：山名，位于江苏无锡西。

②木梢：木材中的梢料，用树木的末端做的料。

【原文】

友人鲁半舫名璋，字春山，善写松柏及梅菊，工隶书，兼工铁笔[①]。余寄居其家之萧爽楼一年有半。楼共五椽，东向，余居其三，晦明风雨[②]，可以远眺。庭中木犀[③]一株，清香撩人。有廓有厢[④]，地极幽静。移居时，有一仆一妪，并挈其小女来。仆能成衣，妪能纺绩，于是芸绣妪绩，仆则成衣，以供薪水。余素爱客，小酌必行令。芸善不费之烹庖，瓜蔬鱼虾，一经芸手，便有意外味。同人知余贫，每出杖头钱[⑤]，作竟日叙。余又好洁，地无纤尘，且无拘束，不嫌放纵。时有杨补凡，名昌绪，善人物写真；袁少迂，名沛，工山水；王星澜，名岩，工花卉翎毛，爱萧爽楼幽雅，皆携画具来。余则从之学画，写草篆，镌图章，加以润笔，交芸备茶酒供客，终日品诗论画而已。更有夏淡安、揖山两昆季，并缪山音、知白两昆季[⑥]，及蒋韵香、陆橘香、周啸霞、郭小愚、华杏帆、张闲酣诸君子，如梁上之燕，自去自来。芸则拔钗沽酒[⑦]，不动声色，良辰美景，不放轻过。今则天各一方，风流云散，兼之玉碎香埋，不堪回首矣。

【注释】

①铁笔：刻刀，此指篆刻图章。

②晦明风雨：阴天、晴天、刮风、下雨。此处泛指各种天气状况。

③木犀：桂花。

④有廓有厢：有外墙，有厢房。廓，通“郭”，本指外城，此处指外墙。

⑤杖头钱：酒钱。晋代阮修喜好饮酒，常常以钱挂在杖头到酒店饮酒。

⑥昆季：兄弟。

⑦拔钗沽酒：卖掉首饰来买酒。

【原文】

萧爽楼有四忌：谈官宦升迁，公廨[①]时事，八股时文，看牌掷色，有犯必罚酒五斤。有四取：慷慨豪爽，风流蕴藉，落拓不羁，澄静缄默。长夏无事，考对[②]为会，每会八人，每人各携青蚨[③]二百。先拈阄，得第一者为主考，关防[④]别座，第二者为誊录，亦就座，余作举子，各于誊录处取纸一条，盖用印章。主考出五、七言各一句，刻香为限[⑤]，行立构思，不准交头私语。对就后，投入一匣，方许就座。各人交卷毕，誊录启匣，并录一册，转呈主考，以杜徇私。十六对中取七言三联，五言三联。六联中取第一者，即为后任主考，第二者为誊录。每人有两联不取者，罚钱二十文；取一联者，免罚十文；过限者，倍罚。一场，主考得香钱百文。一日可十场，积钱千文，酒资大畅矣。惟芸议为官卷[⑥]，准坐而构思。

杨补凡为余夫妇写载花小影[⑦]，神情确肖。是夜月色颇佳，兰影上粉墙，别有幽致。星澜醉后兴发曰：“补凡能为君写真[⑧]，我能为花图影。”余笑曰：“花影能如人影否？”星澜取素纸铺于墙，即就兰影，用墨浓淡图之。日间取视，虽不成画，而花叶萧疏，自有月下之趣。芸甚宝之，各有题咏。

【注释】

①公廨：官署。

②对：对联。

③青蚨：古代传说中的一种虫，据说将它的血涂在铜钱上，花出去之后还能飞回来，后人以青蚨指代金钱。

④关防：本指临时官员用的印信，此指临时的主考官。

⑤刻香为限：在香上标上刻度，用来确定时间。

⑥官卷：清代科举中，高级官员的子弟参加乡试叫官生，其试卷为官卷。官生不占用录取名额。因为陈芸情况特殊，参与活动却不算正式成员，故大家戏称其卷为官卷。

⑦小影：画像。

⑧写真：画肖像。

【原文】

苏城有南园、北园[①]二处，菜花黄时，苦无酒家小饮。携盒[②]而往，对花冷饮，殊无意味。或议就近觅饮者，或议看花归饮者，终不如对花热饮为快。众议未定。芸笑曰："明日但各出杖头钱，我自担炉火来。"众笑曰："诺。"

众去，余问曰："卿果自往乎？"芸曰："非也，妾见市中卖馄饨者，其担锅、灶无不备，盍雇之而往？妾先烹调端整[③]，到彼处再一下锅，茶酒两便。"余曰："酒菜固便矣，茶乏烹具。"芸曰："携一砂罐去，以铁叉串罐柄，去其锅，悬于行灶[④]中，加柴火煎茶，不亦便乎？"余鼓掌称善。

【注释】

①南园、北园：北园位于今苏州拙政园东、东北街北，南园位于今苏州人民路工人文化宫东、十全街南。

②盒：食盒。

③烹调端整：把烹饪前的准备工作做好。

④行灶：馄饨担上的灶火。

【原文】

街头有鲍姓者，卖馄饨为业，以百钱雇其担，约以明日午后，鲍欣然允议。明日看花者至，余告以故，众咸叹服。饭后同往，并带席垫，至南园，择柳阴下团坐。先烹茗，饮毕，然后暖酒烹肴。是时风和日丽，遍地黄金，青衫红袖[①]，越阡度陌[②]，蝶蜂乱飞，令人不饮自醉。既而酒肴俱熟，坐地大嚼，担者颇不俗，拉与同饮。游人见之，莫不羡为奇想。杯盘狼藉，各已陶然，或坐或卧，或歌或啸。红日将颓，余思粥，担者即为买米煮之，果腹[③]而归。芸问曰："今日之游乐乎？"众曰："非夫人之力不及此。"大笑而散。

【注释】

①青衫红袖：代指青年男女。

②越阡度陌：在田野里四处行走。

③果腹：吃饱肚子。

【原文】

贫士起居服食，以及器皿房舍，宜省俭而雅洁，省俭之法曰"就事论事"。余爱小饮，不喜多菜，芸为置一梅花盒：用二寸白磁深碟六只，中置一只，外置五只，用灰漆就，其形如梅花，底盖均起凹楞，盖之上有柄如花蒂。置之案头，如一朵墨梅覆桌。启盖视之，如菜装于瓣中，一盒六色，二三知己可以随意取食，食完再添。另做矮边圆盘一只，以便放杯箸酒壶之类，随处可摆，移掇[①]亦便。即食物省俭之一端也。

余之小帽领袜，皆芸自做，衣之破者，移东补西，必整必洁，色取暗淡，以免垢迹，既可出客[②]，又可家常。此又服饰省俭之一端也。

【注释】

①移掇（duō）：移动，搬动。

②出客：到外面做客。

【原文】

初至萧爽楼中，嫌其暗，以白纸糊壁，遂亮。夏月，楼下去窗，无阑干[①]，觉空洞无遮拦。芸曰：“有旧竹帘在，何不以帘代栏？”余曰：“如何？”芸曰：“用竹数根，黝黑色，一竖一横，留出走路，截半帘搭在横竹上，垂至地，高与桌齐，中竖短竹四根，用麻线扎定，然后于横竹搭帘处，寻旧黑布条，连横竹裹缝之。既可遮拦饰观，又不费钱。”此“就事论事”之一法也。以此推之，古人所谓竹头、木屑皆有用，良有以也。

夏月，荷花初开时，晚含而晓放，芸用小纱囊撮茶叶少许，置花心，明早取出，烹天泉水[②]泡之，香韵尤绝。

【注释】

①阑干：即栏杆。

②天泉水：指代雨水。

卷三　坎坷记愁

【题解】

现实不是童话世界，任何一个人都无法逃避残酷的现实。沈复与陈芸这对恩爱的夫妻面对来自父母的误会、兄弟的失和、生活的窘迫，在风雨中跌跌撞撞，相扶相撑，一路前行。然而，这两个善良的人不懂得圆熟应对，只能被洪流裹挟着踉跄而行，结果芸在凄惨中离开了人世。“恩爱夫妻不到头”，作者用这无限悲凉的一句话控诉着现实的残酷。

【原文】

人生坎坷，何为乎来哉？往往皆自作孽耳，余则非也。多情重诺，爽直不羁，转因之为累。况吾父稼夫公慷慨豪侠，急人之难，成人之事，嫁人之女，抚人之儿，指不胜屈①，挥金如土，多为他人。余夫妇居家，偶有需用，不免典质②。始则移东补西，继则左支右绌③。谚云：“处家人情，非钱不行。”先起小人之议，渐招同室④之讥。“女子无才便是德”，真千古至言也。

【注释】

①指不胜屈：扳着指头数不过来，形容数量多。

②典质：典押。

③左支右绌：左边支出，右边短缺，形容家境困难。

④同室：一家人。

【原文】

余虽居长而行三，故上下呼芸为“三娘”，后忽呼为“三太太”[①]。始而戏呼，继成习惯，甚至尊卑长幼，皆以“三太太”呼之，此家庭之变机欤？

乾隆乙巳[②]，随侍吾父于海宁官舍。芸于吾家书中附寄小函，吾父曰：“媳妇既能笔墨，汝母家信，付彼司[③]之。”后家庭偶有闲言，吾母疑其述事不当，仍不令代笔。吾父见信非芸手笔，询余曰：“汝妇病耶？”余即作札问之，亦不答。久之，吾父怒曰：“想汝妇不屑代笔耳。”迨[④]余归，探知委曲，欲为婉剖。芸急止之曰：“宁受责于翁，勿失欢于姑[⑤]也。”竟不自白。

【注释】

①三太太：比“三娘”更为新潮的称呼。

②乾隆乙巳：乾隆五十年，公元1785年。

③司：负责。

④迨（dài）：等到。

⑤姑：婆婆。

【原文】

庚戌[①]之春，予又随侍吾父于邗江[②]幕中，有同事俞孚亭者，挈眷居焉。吾父谓孚亭曰：“一生辛苦，常在客中，欲觅一起居服役之人[③]而不可得。儿辈果能仰体亲意，当于家乡觅一人来，庶[④]语音相合。”孚亭转述于余，密札致芸，倩媒物色，得姚氏女。芸以成否未定，未即禀知吾母。其来也，托言邻女为嬉游者。及吾父命余接取至署，芸又听旁人意见，托言吾父素所合意者。吾母见之曰：“此邻女之嬉游者也，何娶之乎？”芸遂并失爱于姑矣。

壬子[5]春，余馆[6]真州[7]。吾父病于邗江，余往省，亦病焉。余弟启堂时亦随侍。芸来书曰：“启堂弟曾向邻妇借贷，倩芸作保，现追索甚急。”余询启堂，启堂转以嫂氏为多事，余遂批纸尾曰：“父子皆病，无钱可偿，俟启弟归时，自行打算可也。”

【注释】

①庚戌：乾隆五十五年，公元1790年。

②邗（hán）江：在现在的江苏扬州一带。

③觅一起居服役之人：暗指纳妾。

④庶：幸，希冀之辞。

⑤壬子：乾隆五十七年，公元1792年。

⑥馆：任职。

⑦真州：位于现在的江苏仪征县。

【原文】

未几，病皆愈，余仍往真州。芸覆书来，吾父拆视之，中述启弟邻项事，且云：“令堂以老人之病留由姚姬而起，翁病稍痊，宜密嘱姚托言思家，妾当令其家父母到扬接取。实彼此卸责之计也。”吾父见书怒甚，询启堂以邻项事，答言不知，遂札饬[1]余曰：“汝妇背夫借债，谗谤小叔，且称姑曰令堂，翁曰老人，悖谬[2]之甚！我已专人持札回苏斥逐，汝若稍有人心，亦当知过！”

余接此札，如闻青天霹雳，即肃书认罪，觅骑遄归[3]，恐芸之短见也。到家述其本末，而家人乃持逐书至，历斥多过，言甚决绝。芸泣曰：“妾固不合妄言，但阿翁当恕妇女无知耳。”越数日，吾父又有手谕[4]至，曰：“我不为已甚，汝携妇别居，勿使我见，免我生气足矣。”乃寄芸于外家，而芸以母亡弟出，不愿往依族中[5]，幸友人鲁半舫闻而怜之，招余夫妇往居其家萧爽楼。

【注释】

①札饬：写信训诫。

②悖谬：违背常理。

③遄归：立即回家。

④手谕：亲手写的命令，通常为上（级）对下（级）。

⑤往依族中：前往依靠宗族亲人。

【原文】

越两载，吾父渐知始末，适余自岭南归，吾父自至萧爽楼谓芸曰：“前事我已尽知，汝盍归乎？”余夫妇欣然，仍归故宅，骨肉重圆。岂料又有憨园之孽障耶！

芸素有血疾[1]，以其弟克昌出亡不返，母金氏复念子病没，悲伤过甚所致。自识憨园，年余未发，余方幸其得良药。而憨为有力者夺去，以千金作聘，且许养其母，佳人已属沙叱利[2]矣。余知之而未敢言也，及芸往探，始知之，归而呜咽，谓余曰：“初不料憨之薄情乃尔也。”余曰：“卿自情痴耳，此中人[3]何情之有哉？况锦衣玉食者，未必能安于荆钗布裙也，与其后悔，莫若无成。”因抚慰之再三。而芸终以受愚为恨，血疾大发，床席支离，刀圭无效[4]，时发时止，骨瘦形销。不数年而逋负[5]日增，物议日起，老亲又以盟妓一端，憎恶日甚，余则调停中立，已非生人[6]之境矣。

【注释】

①血疾：泛指具有出血症状的疾病。

②沙叱利：唐传奇《柳氏传》中的人物，夺走了柳氏，此处借指夺走憨园的人。

③此中人：妓院中人。

④刀圭无效：医治无效。刀圭，中医量取药末的用具，代指医治。

⑤逋负：欠债，欠款。

⑥生人：让人存活。

【原文】

芸生一女名青君，时年十四，颇知书，且极贤能，质钗典服，幸赖辛劳。子名逢森，时年十二，从师读书。余连年无馆，设一书画铺于家门之内，三日所进，不敷一日所出，焦劳困苦，竭蹶时形[①]。隆冬无裘，挺身而过，青君亦衣单股栗[②]，犹强曰“不寒”。因是芸誓不医药。

偶能起床，适余有友人周春煦自福郡王幕中归，倩人绣《心经》[③]一部，芸念绣经可以消灾降福，且利其绣价之丰，竟绣焉。而春煦行色匆匆，不能久待，十日告成，弱者骤劳，致增腰酸头晕之疾。岂知命薄者，佛亦不能发慈悲也！

【注释】

①竭蹶（jué）时形：困顿时常发生。竭蹶，匮乏、挫折、困顿。

②股栗：两腿颤抖。

③《心经》：佛教经典，全名为《般若波罗蜜多心经》。

【原文】

绣经之后，芸病转增，唤水索汤，上下厌之。有西人[①]赁屋于余画铺之左，放利债为业，时倩余作画，因识之。友人某向渠借五十金，乞余作保，余以情有难却，允焉，而某竟挟资远遁。西人惟保是问，时来饶舌，初以笔墨为抵，渐至无物可偿。

岁底，吾父家居，西人索债，咆哮于门。吾父闻之，召余诃责曰：“我辈衣冠之家，何得负此小人之债。”正剖诉间，适芸有自幼同盟姊适锡山华氏，知其病，遣人问讯。堂上误以为憨园之使，因愈怒曰：“汝妇不守闺训，结盟娼妓；汝亦不思习上，滥伍小人②。若置汝死地，情有不忍，姑宽三日限，速自为计，迟必首汝逆③矣。”

【注释】

①西人：山西人或陕西人。

②滥伍小人：随意结交小人。

③首汝逆：告你不孝之罪。首，告发，举报。

【原文】

芸闻而泣曰：“亲怒如此，皆我罪孽。妾死君行，君必不忍；妾留君去，君必不舍。姑密唤华家人来，我强起问之。”因令青君扶至房外，呼华使问曰：“汝主母①特遣来耶？抑便道来耶？”曰：“主母久闻夫人卧病，本欲亲来探望，因从未登门，不敢造次，临行嘱付②：‘倘夫人不嫌乡居简亵③，不妨到乡调养，践幼时灯下之言。’”盖芸与同绣日④，曾有疾病相扶之誓也。因嘱之曰：“烦汝速归，禀知主母，于两日后放舟密来。”

【注释】

①主母：女主人。

②付：通“咐”。

③简亵：怠慢。

④同绣日：一同待字闺中之时。

【原文】

其人既退，谓余曰："华家盟姊，情逾骨肉，君若肯至其家，不妨同行，但儿女携之同往既不便，留之累亲又不可，必于两日内安顿之。"

时余有表兄王荩臣一子名韫石，愿得青君为媳妇。芸曰："闻王郎懦弱无能，不过守成之子，而王又无成可守。幸诗礼之家[1]，且又独子，许之可也。"余谓荩臣曰："吾父与君有渭阳之谊[2]，欲媳青君，谅无不允。但待长而嫁，势所不能。余夫妇往锡山后，君即禀知堂上，先为童媳，何如？"荩臣喜曰："谨如命。"逢森亦托友人夏揖山转荐学贸易。

【注释】

①诗礼之家：书香门第。

②渭阳之谊：甥舅情谊。典出《诗经·渭阳》："我送舅氏，曰至渭阳。"

【原文】

安顿已定，华舟适至，时庚申[1]之腊廿五日也。芸曰："孑然出门，不惟招邻里笑，且西人之项无著，恐亦不放，必于明日五鼓悄然而去。"余曰："卿病中能冒晓寒耶？"芸曰："死生有命，无多虑也。"密禀吾父，亦以为然。

是夜，先将半肩行李挑下船，令逢森先卧。青君泣于母侧，芸嘱曰："汝母命苦，兼亦情痴，故遭此颠沛，幸汝父待我厚，此去可无他虑。两三年内，必当布置重圆。汝至汝家须尽妇道，勿似汝母。汝之翁、姑以得汝为幸[2]，必善视[3]汝。所留箱笼什物，尽付汝带去。汝弟年幼，故未令知，临行时托言就医，数日即归，俟我去远，告知其故，禀闻祖父可也。"旁有旧妪，即前卷中曾赁其家消暑者，愿送至乡，故是时陪侍在侧，拭泪不已。

【注释】

①庚申：嘉庆五年，公元1800年。

②幸：幸运。

③善视：善待。

【原文】

将交五鼓，暖粥，共啜[①]之。芸强颜笑曰："昔一粥而聚，今一粥而散，若作传奇[②]，可名《吃粥记》矣。"逢森闻声亦起，呻曰："母何为？"芸曰："将出门就医耳。"逢森曰："起何早？"曰："路远耳。汝与姊相安在家，毋讨祖母嫌。我与汝父同往，数日即归。"鸡声三唱，芸含泪扶妪，启后门将出。逢森忽大哭曰："噫！我母不归矣。"青君恐惊人，急掩其口而慰之。当是时，余两人寸肠已断，不能复作一语，但止以"勿哭"而已。

青君闭门后，芸出巷十数步，已疲不能行，使妪提灯，余背负之而行。将至舟次[③]，几为逻者[④]所执，幸老妪认芸为病女，余为婿，且得舟子皆华氏工人，闻声接应，相扶下船。解维[⑤]后，芸始放声痛哭。是行也，其母子已成永诀矣。

【注释】

①啜：喝。

②传奇：一种流行于唐宋的小说体裁。

③舟次：船的停泊地点。

④逻者：巡逻的人。

⑤维：系船的大绳。

【原文】

华名大成，居无锡之东高山，面山而居，躬耕为业，人极朴诚。其妻夏氏，即芸之盟姊也。是日午未之交[①]，始抵其家。华夫人已倚门而待，率两小女至舟，相见甚欢，扶芸登岸，款待殷勤。四邻妇人、孺子哄然入室，将芸环视，有相问讯者，有相怜惜者，交头接耳，满室啾啾。芸谓华夫人曰："今日真如渔父入桃源矣。"华曰："妹莫笑，乡人少所见多所怪耳。"自此相安度岁。

至元宵，仅隔两旬而芸渐能起步。是夜观龙灯于打麦场中，神情态度，渐可复元。余乃心安，与之私议曰："我居此非计，欲他适而短于资，奈何？"芸曰："妾亦筹之矣。君姊丈范惠来现于靖江[②]盐公堂[③]司会计，十年前曾借君十金，适数不敷[④]，妾典钗凑之，君忆之耶？"余曰："忘之矣。"芸曰："闻靖江去此不远，君盍一往？"余如其言。

【注释】

①午未之交：下午一点。

②靖江：今江苏靖江。

③盐公堂：古代官府管理盐务的机构。

④适数不敷：恰好数目不够。

【原文】

时天颇暖，织绒袍哔叽短褂[①]犹觉其热，此辛酉[②]正月十六日也。是夜宿锡山客旅，赁被而卧。晨起，趁江阴航船，一路逆风，继以微雨。夜至江阴江口，春寒彻骨，沽酒御寒，囊为之罄[③]。踌躇终夜，拟卸衬衣，质钱而渡。十九日，北风更烈，雪势犹浓，不禁惨然泪落，暗计房资、渡费，不敢再饮。

正心寒股栗间，忽见一老翁，草鞋，毡笠，负黄包入店，以目视余，似相识者。余曰："翁非泰州曹姓耶？"答曰："然。我非公，死填沟壑矣。今小女无恙，时诵公德。不意今日相逢，何逗留于此？"

盖余幕泰州时，有曹姓，本微贱，一女有姿色，已许婿家，有势力者放债，谋其女，致涉讼[④]。余从中调护[⑤]，仍归所许。曹即投入公门为隶，叩首作谢，故识之。余告以投亲遇雪之由，曹曰："明日天晴，我当顺途相送。"出钱沽酒，备极款洽。

【注释】

①织绒袍哔叽（bì jī）短褂：织绒做的袍子、哔叽做的短褂。织绒和哔叽都是一种衣料的名称。

②辛酉：嘉庆六年，公元1801年。

③囊为之罄：袋中的钱被用光了。

④涉讼：牵涉诉讼。

⑤调护：调节保护。

【原文】

二十日，晓钟初动，即闻江口唤渡声。余惊起，呼曹同济[①]。曹曰："勿急，宜饱食登舟。"乃代偿房饭钱，拉余出沽[②]。余以连日逗留，急欲赶渡，食不下咽，强啖麻饼两枚。及登舟，江风如箭，四肢发战。曹曰："闻江阴有人缢于靖，其妻雇是舟而往，必俟雇者来始渡耳。"枵腹[③]忍寒，午始解缆。

至靖，暮烟四合矣。曹曰："靖有公堂[④]两处，所访者城内耶？城外耶？"余踉跄随其后，且行且对曰："实不知其内外也。"曹曰："然则且止宿，明日往访耳。"

【注释】

①同济：一同渡船。

②出沽：出去买吃的。

③枵（xiāo）腹：空着肚子。

④公堂：这里指盐业公署。

【原文】

进旅店，鞋袜已为泥淤湿透，索火烘之，草草饮食，疲极酣睡。晨起，袜烧其半，曹又代偿房饭钱。访至城中，惠来尚未起，闻余至，披衣出，见余状惊曰："舅何狼狈至此？"余曰："姑勿问，有银乞借二金，先遣送我者。"惠来以番饼[1]二圆授余，即以赠曹。曹力却，受一圆而去。

余乃历述所遭，并言来意。惠来曰："郎舅至戚，即无宿逋[2]，亦应竭尽绵力，无如[3]航海盐船新被盗，正当盘账之时，不能挪移丰赠[4]，当勉措番银二十圆，以偿旧欠，何如？"余本无奢望，遂诺之。

【注释】

①番饼：洋钱。当时外国商人来中国贸易使用的银元，也可以流通。

②宿逋（bū）：旧债。

③无如：无奈。

④挪移丰赠：挪用资金给予厚赠。

【原文】

留住两日，天已晴暖，即作归计。廿五日，仍回华宅。芸曰："君遇雪乎？"余告以所苦。因惨然曰："雪时，妾以君为抵靖，乃尚逗留江口。幸遇曹老，绝处逢生，亦可谓吉人天相矣。”

越数日，得青君信，知逢森已为揖山荐引入店，荩臣请命于吾父，择正月二十四日将伊接去。儿女之事，粗能了了，但分离至此，令人终觉惨伤耳。

二月初，日暖风和，以靖江之项，薄备行装，访故人胡肯堂于邗江盐署，有贡局[①]众司事公延[②]入局，代司笔墨，身心稍定。

至明年壬戌[③]八月，接芸书曰：“病体全瘳，惟寄食于非亲非友之家，终觉非久长之策，愿亦来邗，一睹平山之胜。”余乃赁屋于邗江先春门外，临河两椽，自至华氏，接芸同行。华夫人赠一小奚奴[④]，曰阿双，帮司炊爨[⑤]，并订他年结邻之约。

【注释】

①贡局：掌管赋税的衙门。

②公延：集体延请。

③壬戌：嘉庆七年，公元1802年。

④奚奴：男仆。

⑤炊爨（cuàn）：烧火做饭。

【原文】

时已十月，平山凄冷，期以春游。满望散心调摄[①]，徐图骨肉重圆。不满月，而贡局司事忽裁十有五人，余系友中之友，遂亦散闲。芸始犹百计代余筹画，强颜慰藉，未尝稍涉怨尤。

至癸亥[②]仲春，血疾大发。余欲再至靖江，作将伯[③]之呼，芸曰：“求亲不如求友。”余曰：“此言虽是，奈友虽关切，现皆闲处，自顾不遑[④]。”芸曰：“幸天时已暖，前途可无阻雪之虑，愿君速去速回，勿以病人为念。君或体有不安，妾罪更重矣。”

【注释】

①调摄：调养护理。

②癸亥：嘉庆八年，公元1803年。

③将伯：求助之意。典出《诗经·小雅》：“将伯助予。”

④自顾不遑：自顾不暇。遑，闲暇。

【原文】

时已薪水不继，余佯为雇骡，以安其心，实则囊饼徒步，且食且行。向东南，两渡叉河，约八九十里，四望无村落。至更许，但见黄沙漠漠，明星闪闪，得一土地祠，高约五尺许，环以短墙，植以双柏，因向神叩首，祝曰：“苏州沈某投亲失路[1]至此，欲假神祠一宿，幸神怜佑。”于是移小石香炉于旁，以身探之，仅容半体。以风帽反戴掩面，坐半身于中，出膝于外。闭目静听，微风萧萧而已。足疲神倦，昏然睡去。

及醒，东方已白，短墙外忽有步语声，急出探视，盖土人赶集经此也。问以途，曰：“南行十里，即泰兴县城，穿城向东南十里一土墩，过八墩即靖江，皆康庄也。”余乃反身，移炉于原位，叩首作谢而行。过泰兴，即有小车可附。

申刻[2]抵靖。投刺[3]焉。良久，司阍者[4]曰：“范爷因公往常州去矣。”察其辞色，似有推托，余诘之曰：“何日可归？”曰：“不知也。”余曰：“虽一年亦将待之。”阍者会余意，私问曰：“公与范爷嫡郎舅耶？”余曰：“苟非嫡者，不待其归矣。”阍者曰：“公姑待之。”越三日，乃以回靖告，共挪二十五金。

【注释】

①失路：迷路。

②申刻：下午三点至五点。

③投刺：递上名帖。

④司阍（hūn）者：守门人。阍，宫门。

【原文】

雇骡急返，芸正形容惨变，咻咻[①]涕泣。见余归，卒然[②]曰："君知昨午阿双卷逃乎？倩人大索，今犹不得。失物小事，人系伊母临行再三交托，今若逃归，中有大江之阻，已觉堪虞[③]，倘其父母匿子图诈[④]，将奈之何？且有何颜见我盟姊？"余曰："请勿急，卿虑过深矣。匿子图诈，诈其富有也，我夫妇两肩担一口耳，况携来半载，授衣分食，从未稍加扑责，邻里咸知。此实小奴丧良，乘危窃逃。华家盟姊赠以匪人，彼无颜见卿，卿何反谓无颜见彼耶？今当一面呈县立案，以杜后患可也。"芸闻余言，意似稍释。然自此梦中呓语，时呼"阿双逃矣"，或呼"憨何负我"，病势日以增矣。

【注释】

①咻咻：抽抽搭搭哭泣的样子。

②卒然：突然。卒，通"猝"。

③堪虞：令人担忧。

④匿子图诈：把孩子藏起来再向主人家诈骗钱财。

【原文】

余欲延医诊治，芸阻曰："妾病始因弟亡母丧，悲痛过甚，继为情感，后由忿激，而平素又多过虑，满望努力做一好媳妇，而不能得，以至头眩、怔忡诸症毕备，所谓病入膏肓，良医束手，请勿为无益之费。忆妾唱随[①]二十三年，蒙君错爱，百凡体恤，不以顽劣见弃，知己如君，得婿如此，妾已此生无憾。若布衣暖，菜饭饱，一室雍雍[②]，优游泉石，如沧浪亭、萧爽楼之处境，真成烟火神仙矣。神仙几世才能修到，我辈何人，敢望神仙耶？强而求之，致干造物之忌[③]，即有情魔之扰。总因君太多情，妾生薄命耳！”因又呜咽而言曰：“人生百年，终归一死。今中道相离，忽焉长别，不能终奉箕帚[④]，目睹逢森娶妇，此心实觉耿耿[⑤]。”言已，泪落如豆。

【注释】

①唱随：夫唱妇随。

②雍雍：和乐的样子。

③干造物之忌：冒犯了造物主的忌讳。

④奉箕帚：操持家务。

⑤耿耿：牵挂的样子。

【原文】

余勉强慰之曰：“卿病八年，恹恹欲绝者屡矣，今何忽作断肠语耶？”芸曰：“连日梦我父母放舟来接，闭目即飘然上下，如行云雾中，殆魂离而躯壳存乎？”余曰：“此神不收舍，服以补剂，静心调养，自能安痊。”芸又欷歔曰：“妾若稍有生机一线，断不敢惊君听闻。今冥路已近，苟再不言，言无日矣。君之不得亲心，流离颠沛，皆由妾故。妾死则亲心自可挽回，君亦可免牵挂。堂上春秋[①]高矣，妾死，君宜早归。如无力携妾骸骨归，不妨暂厝[②]于此，待君将来可耳。愿君另续德容兼备者，以奉双亲，抚我遗子，妾亦瞑目矣。”言至此，痛肠欲裂，不觉惨然大恸。余曰：“卿果中道相舍，断无再续之理，况‘曾经沧海难为水，除却巫山不是云’耳。”

【注释】

①春秋：年岁。

②厝（cuò）：停柩待葬。

【原文】

芸乃执余手而更欲有言，仅断续叠言“来世”二字，忽发喘口噤[1]，两目瞪视，千呼万唤，已不能言。痛泪两行，涔涔流溢。既而喘渐微，泪渐干，一灵缥缈，竟尔长逝。时嘉庆癸亥[2]三月三十日也。当是时，孤灯一盏，举目无亲，两手空拳，寸心欲碎。绵绵此恨，曷其有极[3]！

承吾友胡肯堂以十金为助，余尽室中所有，变卖一空，亲为成殓[4]。呜呼！芸一女流，具男子之襟怀才识。归吾门后，余日奔走衣食，中馈[5]缺乏，芸能纤悉不介意。及余家居，惟以文字相辩析而已。卒之疾病颠连，赍恨以没[6]，谁致之耶？余有负闺中良友，又何可胜道哉？奉劝世间夫妇，固不可彼此相仇，亦不可过于情笃。话云“恩爱夫妻不到头”，如余者，可作前车之鉴也。

【注释】

①口噤：嘴巴不作声。

②嘉庆癸亥：嘉庆八年，公元1803年。

③曷其有极：哪里有尽头。

④成殓：给死者穿衣下棺。

⑤中馈：饮食，此处代指钱财。

⑥赍（jī）恨以没：怀恨而死。赍，带着。

【原文】

回煞[1]之期，俗传是日魂必随煞而归，故房中铺设一如生前，且须铺生前旧衣于床上，置旧鞋于床下，以待魂归瞻顾，吴下相传谓之“收眼光”。延羽士[②]作法，先召于床而后遣之，谓之“接眚[③]”。邗江俗例，设酒肴于死者之室。一家尽出，谓之“避眚”。以故有因避被窃者。

芸娘眚期，房东因同居而出避，邻家嘱余亦设肴远避。余冀魂归一见，姑漫应之。同乡张禹门谏余曰：“因邪入邪，宜信其有，勿尝试也。”余曰：“所以不避而待之者，正信其有也。”张曰：“回煞犯煞，不利生人，夫人即或魂归，业已阴阳有间，窃恐欲见者无形可接，应避者反犯其锋耳。”时余痴心不昧[④]，强对曰：“死生有命。君果关切，伴我何如？”张曰：“我当于门外守之，君有异见，一呼即入可也。”

【注释】

①回煞：民间认为，人死后过一段时间鬼魂会回家来看，称之为“回煞”。

②羽士：道士。

③接眚（shěng）：接煞，即丧家请道士招死者亡灵还家。眚，灾祸。

④不昧：不忘记，不改变。

【原文】

余乃张灯入室，见铺设宛然，而音容已杳，不禁心伤泪涌。又恐泪眼模糊，失所欲见，忍泪睁目，坐床而待。抚其所遗旧服，香泽犹存，不觉柔肠寸断，冥然昏去。转念待魂而来，何遽[①]睡耶？开目四现，见席上双烛，青焰荧荧，缩光如豆，毛骨悚然，通体寒栗。因摩两手擦额，细瞩之，双焰渐起，高至尺许，纸裱顶格[②]，几被所焚。余正得借光四顾间，光忽又缩如前。此时心舂[③]股栗，欲呼守者进观，而转念柔魂弱魄，恐为盛阳所逼，悄呼芸名而祝之，满室寂然，一无所见。既而烛焰复明，不复腾起矣。出告禹门，服余胆壮，不知余实一时情痴耳。

芸没后，忆和靖[4]“妻梅子鹤”语，自号梅逸。权葬芸于扬州西门外之金桂山，俗呼郝家宝塔。买一棺之地，从遗言寄于此。携木主还乡，吾母亦为悲悼。青君、逢森归来，痛哭成服。启堂进言曰：“严君怒犹未息，兄宜仍往扬州，俟严君归里，婉言劝解，再当专札相招。”

【注释】

①遽（jù）：匆忙，急忙。

②顶格：天花板。

③心舂：心跳加速的样子。

④和靖：林逋（967—1028），字君复，北宋诗人，卒后谥“和靖先生”。

【原文】

余遂拜母，别子女，痛哭一场，复至扬州，卖画度日。因得常哭于芸娘之墓，影单形只，备极凄凉，且偶经故居，伤心惨目。重阳日，邻冢皆黄，芸墓独青。守坟者曰：“此好穴场，故地气旺也。”余暗祝曰：“秋风已紧，身尚衣单，卿若有灵，佑我图得一馆，度此残年，以待家乡信息。”

未几，江都[1]幕客章驭庵先生欲回浙江葬亲，倩余代庖[2]三月，得备御寒之具。封篆[3]出署，张禹门招寓其家。张亦失馆，度岁艰难，商于余，即以余赀二十金倾囊借之，且告曰：“此本留为亡荆扶柩[4]之费，一俟得有乡音，偿我可也。”是年即寓张度岁，晨占夕卜，乡音殊杳。

【注释】

①江都：隋朝时扬州曾定为行都，此处代指扬州。

②代庖：代理。

③封篆：封上官印，意指停止办公。

④为亡荆扶柩：护送亡妻棺木。

【原文】

至甲子[1]三月，接青君信，知吾父有病。即欲归苏，又恐触旧忿。正趑趄[2]观望间，复接青君信，始痛悉吾父业已辞世。刺骨痛心，呼天莫及。无暇他计，即星夜驰归，触首灵前，哀号流血。呜呼！吾父一生辛苦，奔走于外。生余不肖，既少承欢膝下，又未侍药床前，不孝之罪，何可逭[3]哉！

吾母见余哭，曰："汝何此日始归耶？"余曰："儿之归，幸得青君孙女信也。"吾母目余弟妇，遂默然。余入幕守灵，至七终[4]，无一人以家事告、以丧事商者。余自问人子之道已缺，故亦无颜询问。

【注释】

①甲子：嘉庆九年，公元1804年。

②趑趄（zī jū）：脚步不稳，犹豫不前的样子。

③逭（huàn）：逃，避。

④至七终：民俗人死后七日一祭，称为"过七"，这里指父亲死后第七个"七"，即四十九天结束。

【原文】

一日，忽有向余索逋者登门饶舌，余出应曰："欠债不还，固应催索，然吾父骨肉未寒，乘凶追呼，未免太甚。"

中有一人私谓余曰："我等皆有人招之使来，公且避出，当向招我者索偿也。"余曰："我欠我偿，公等速退！"皆唯唯而去。余因呼启堂谕之曰："兄虽不肖，并未作恶不端，若言出嗣降服[①]，从未得过纤毫嗣产，此次奔丧归来，本人子之道[②]，岂为争产故耶？大丈夫贵乎自立，我既一身归，仍以一身去耳。"言已，返身入幕，不觉大恸。叩辞吾母，走告青君，行将出走深山，求赤松子[③]于世外矣。

青君正劝阻间，友人夏南熏字淡安、夏逢泰字揖山两昆季寻踪而至，抗声[④]谏余曰："家庭若此，固堪动忿，但足下父死而母尚存，妻丧而子未立，乃竟飘然出世，于心安乎？"余曰："然则如之何？"淡安曰："奉屈暂居寒舍，闻石琢堂殿撰[⑤]有告假回籍之信，盍俟其归而往谒之？其必有以位置君也。"余曰："凶丧未满百日，兄等有老亲在堂，恐多未便。"揖山曰："愚兄弟之相邀，亦家君意也。足下如执以为不便，四邻有禅寺，方丈僧与余交最善，足下设榻于寺中，何如？"余诺之。青君曰："祖父所遗房产，不下三四千金，既已分毫不取。岂自己行囊亦舍去耶？我往取之，径送禅寺父亲处可也。"因是于行囊之外，转得吾父所遗图书、砚台、笔筒数件。

【注释】

①出嗣降服：过继给他人，丧服降低一等。旧制，子为父母守丧三年，过继者给亲生父母守丧，则降为一年。前文曾提到，作者过继给了堂伯父素存公。

②人子之道：孝道。

③赤松子：传说中的上古仙人。

④抗声：高声，大声。

⑤殿撰：宋代有集贤殿修撰的官职，明清称状元为修撰。

【原文】

寺僧安置予于大悲阁。阁南向，向东设神像，隔西首一间，设月窗[1]，紧对佛龛，本为作佛事者斋食之地，余即设榻其中。临门有关圣提刀立像，极威武。院中有银杏一株，大三抱，荫覆满阁，夜静风声如吼。揖山常携酒果来对酌，曰：“足下一人独处，夜深不寐，得无畏怖耶？”余曰：“仆一生坦直，胸无秽念，何怖之有？”

居未几，大雨倾盆，连宵达旦三十余天，时虑银杏折枝，压梁倾屋。赖神默佑，竟得无恙。而外之墙坍屋倒者，不可胜计，近处田禾俱被漂没。余则日与僧人作画，不见不闻。

七月初，天始霁。揖山尊人[2]号莼芗，有交易赴崇明[3]，偕余往，代笔书券，得二十金。归，值吾父将安葬，启堂命逢森向余曰：“叔因葬事乏用，欲助一二十金。”余拟倾囊与之，揖山不允，分帮其半。余即携青君先至墓所，葬既毕，仍返大悲阁。

九月杪[4]，揖山有田在东海[5]永泰沙，又偕余往收其息[6]。盘桓两月，归已残冬，移寓其家雪鸿草堂度岁。真异姓骨肉也。

【注释】

①月窗：用来透光的窗户。

②尊人：父亲。

③崇明：县名，今上海市崇明岛。

④杪（miǎo）：末尾，末端。

⑤东海：县名，位于今江苏北部。

⑥息：租子。

【原文】

乙丑[1]七月，琢堂始自都门回籍。琢堂名韫玉，字执如，琢堂其号也，与余为总角交[2]，乾隆庚戌殿元[3]。出为四川重庆守[4]。白莲教[5]之乱，三年戎马，极著劳绩。及归，相见甚欢，旋于重九日挈眷重赴四川重庆之任，邀余同往。

余即叩别吾母于九妹倩[6]陆尚吾家，盖先君故居已属他人矣。吾母嘱曰："汝弟不足恃[7]，汝行须努力。重振家声，全望汝也。"逢森送余至半途，忽泪落不已，因嘱勿送而返。

【注释】

①乙丑：嘉庆十年，公元1805年。

②总角交：儿时玩伴。

③乾隆庚戌殿元：乾隆五十五年（1790）状元。

④守：原为太守，此为刺史或知府的别称。

⑤白莲教：唐、宋以来流传民间的一种秘密宗教结社，嘉庆元年至十年（1796—1805）川、楚、陕曾暴发白莲教大起义。

⑥妹倩：妹夫。

⑦恃：依靠。

【原文】

舟出京口[1]，琢堂有旧交王惕夫孝廉[2]在淮扬盐署，绕道往晤，余与偕往，又得一顾芸娘之墓。返舟，由长江溯流而上，一路游览名胜。至湖北之荆州，得升潼关观察[3]之信，遂留余与其嗣君[4]敦夫眷属等，暂寓荆州，琢堂轻骑减从，至重庆度岁，遂由成都历栈道之任。

丙寅[5]二月，川眷始由水路往，至樊城[6]登陆。途长费巨，车重人多，毙马折轮，备尝辛苦。抵潼关甫三月，琢堂又升山左廉访[7]，清风两袖。眷属不能偕行，暂借潼川书院作寓。十月杪，始支山左廉俸，专人接眷。附有青君之书，骇悉逢森于四月间夭亡。始忆前之送余堕泪者，盖父子永诀也。呜呼！芸仅一子，不得延其嗣续耶。琢堂闻之，亦为之浩叹，赠余一妾，重入春梦[8]。从此扰扰攘攘，又不知梦醒何时耳。

【注释】

①京口：城名，今江苏镇江。

②孝廉：举人。

③潼关观察：潼关道员。潼关，今陕西潼关。

④嗣君：儿子。

⑤丙寅：嘉庆十一年，公元1806年。

⑥樊城：地名，今湖北襄樊。

⑦山左廉访：山东廉访使。旧称山东为山左。

⑧春梦：春日之梦，这里形容世事无常，繁华易逝。

卷四　浪游记快

【题解】

与园艺一样，游历是沈三白一生所好，得益于工作，他能够遍游全国各地名山大川，开阔了眼界的同时，也积累了丰富的阅历。“余游幕三十年来，天下所未到者，蜀中、黔中与滇南耳。”当作者开篇写下这句话时，不知心中是多么的自豪。当然，作者不是一个随波逐流、随声附和的人，他对于景点也有自己的评价，他欣赏的往往不是闻名遐迩的景致，而是那些未经开发的人迹罕至处的美丽。

【原文】

余游幕三十年来，天下所未到者，蜀中、黔中与滇南耳。惜乎轮蹄征逐①，处处随人，山水怡情，云烟过眼，不过领略其大概，不能探僻寻幽也。余凡事喜独出己见，不屑随人是非②，即论诗品画，莫不存人珍我弃、人弃我取之意，故名胜所在，贵乎心得，有名胜而不觉其佳者，有非名胜而自以为妙者，聊以平生所历者记之。

【注释】

①轮蹄征逐：车马往来。

②随人是非：追随别人的意见，即没有主见。

【原文】

余年十五时，吾父稼夫公馆于山阴赵明府①幕中。有赵省斋先生名传者，杭之宿儒也，赵明府延教其子，吾父命余亦拜投门下。暇日出游，得至吼山[②]。离城约十余里，不通陆路。近山见一石洞，上有片石横裂欲堕，即从其下荡舟入。豁然空其中，四面皆峭壁，俗名之曰“水园”。临流建石阁五椽，对面石壁有“观鱼跃”三字，水深不测，相传有巨鳞[③]潜伏，余投饵试之，仅见不盈尺者出而唼食[④]焉。阁后有道通旱园，拳石乱矗，有横阔如掌者，有柱石平其顶而上加大石者，凿痕犹在，一无可取。游览既毕，宴于水阁，命从者放爆竹，轰然一响，万山齐应，如闻霹雳声。此幼时快游之始。惜乎兰亭、禹陵[⑤]未能一到，至今以为憾。

【注释】

①山阴赵明府：山阴县赵县令。山阴，旧县名，在今浙江绍兴。明府，对县令的尊称。

②吼山：山名，在今绍兴东。

③巨鳞：大鱼。

④唼（shà）食：鱼吃东西。

⑤禹陵：大禹的陵墓，相传在会稽山上。

【原文】

至山阴之明年，先生以亲老不远游，设帐于家，余遂从至杭，西湖之胜因得畅游。结构之妙，予以龙井为最，小有天园次之。石取天竺[①]之飞来峰，城隍山之瑞石古洞[②]。水取玉泉，以水清多鱼，有活泼趣也。大约至不堪者，葛岭[③]之玛瑙寺。其余湖心亭、六一泉诸景，各有妙处，不能尽述，然皆不脱脂粉气，反不如小静室之幽僻，雅近天然。

苏小[④]墓在西泠桥侧。土人指示，初仅半丘黄土而已。乾隆庚子[⑤]，圣驾南巡，曾一询及。甲辰[⑥]春，复举南巡盛典，则苏小墓已石筑其坟，作八角形，上立一碑，大书曰“钱塘苏小小之墓”。从此吊古骚人不须徘徊探访矣。余思古来烈魄忠魂堙没[7]不传者，固不可胜数，即传而不久者，亦不为少，小小一名妓耳，自南齐至今，尽人而知之，此殆灵气所钟，为湖山点缀耶？

【注释】

①天竺：山名，在今杭州西，上有“天竺三寺”。

②瑞石古洞：又名“紫阳洞”“雪风洞”，在今杭州紫阳山上。

③葛岭：在今杭州西湖北宝石山西，据说东晋道士葛洪曾在此处修道，故得名。

④苏小：即苏小小，南齐时钱塘著名歌妓。

⑤乾隆庚子：乾隆四十五年，公元1780年。

⑥甲辰：乾隆四十九年，公元1784年。

⑦堙（yīn）没：埋设。

【原文】

桥北数武，有崇文书院[1]，余曾与同学赵缉之投考其中。时值长夏，起极早，出钱塘门，过昭庆寺，上断桥[2]，坐石阑上。旭日将升，朝霞映于柳外，尽态极妍。白莲香里，清风徐来，令人心骨皆清。步至书院，题犹未出也。

午后缴卷，偕缉之纳凉于紫云洞，大可容数十人，石窍[3]上透日光。有人设短几矮凳，卖酒于此。解衣小酌，尝鹿脯，甚妙，佐以鲜菱、雪藕，微酣出洞。缉之曰：“上有朝阳台，颇高旷，盍往一游？”余亦兴发，奋勇登其巅，觉西湖如镜，杭城如丸，钱塘江如带，极目可数百里，此生平第一大观也。坐良久，阳乌将落，相携下山，南屏晚钟[4]动矣。

韬光[5]、云栖[6]，路远未到，其红门局之梅花，姑姑庙之铁树，不过尔尔。紫阳洞予以为必可观，而访寻得之，洞口仅容一指，涓涓流水而已，相传中有洞天，恨不能抉门[7]而入。

【注释】

①崇文书院：在今杭州栖霞岭南，为明万历年间徽商所建。书院之名始于唐代，多为藏书和讲学之所，到了清代多为准备科举的场所。

②断桥：在西湖白堤上，“断桥残雪”为西湖十景之一。

③石窍：石洞。

④南屏晚钟：为西湖十景之一，南屏山在西湖南面，山上有净慈寺。

⑤韬光：寺名，在今杭州灵隐寺西北巢枸坞。

⑥云栖：游览胜地，在今杭州五云山以西。

⑦抉门：撬开门。

【原文】

清明日，先生春祭扫墓，挈余同游。墓在东岳，是乡多竹，坟丁[1]掘未出土之毛笋，形如梨而尖，作羹供客。余甘之，尽其两碗。先生曰：“噫！是虽味美而克心血，宜多食肉以解之。”余素不贪屠门之嚼[2]，至是饭量且因笋而减，归途觉烦躁，唇舌几裂。过石屋洞，不甚可观。水乐洞峭壁多藤萝，入洞如斗室，有泉流甚急，其声琅琅。池广仅三尺，深五寸许，不溢亦不竭。余俯流就饮，烦躁顿解。洞外二小亭，坐其中可听泉声。衲子[3]请观万年缸。缸在香积厨[4]，形甚巨，以竹引泉灌其内，听其满溢，年久结苔厚尺许，冬日不冰，故不损也。

辛丑[5]秋八月，吾父病疟返里，寒索火，热索冰，余谏不听，竟转伤寒，病势日重。余侍奉汤药，昼夜不交睫者几一月。吾妇芸娘亦大病，恹恹在床。心境恶劣，莫可名状。吾父呼余嘱之曰："我病恐不起，汝守数本书，终非糊口计。我托汝于盟弟蒋思斋，仍继吾业可耳。"越日，思斋来，即于榻前命拜为师。未几，得名医徐观莲先生诊治，父病渐痊。芸亦得徐力起床。而余则从此习幕[⑥]矣。此非快事，何记于此？曰：此抛书浪游之始，故记之。

【注释】

①坟丁：看坟人。

②屠门之嚼：代指吃肉。

③衲子：和尚。

④香积厨：佛寺斋堂。

⑤辛丑：乾隆四十六年，公元1781年。

⑥习幕：学习做幕僚。

【原文】

思斋先生名襄。是年冬，即相随习幕于奉贤[①]官舍。有同习幕者，顾姓名金鉴，字鸿干，号紫霞，亦苏州人也。为人慷慨刚毅，直谅不阿[②]，长余一岁，呼之为兄。鸿干即毅然呼余为弟，倾心相友。此余第一知己交也，惜以二十二岁卒，余即落落寡交，今年且四十有六矣，茫茫沧海，不知此生再遇知己如鸿干者否？

忆与鸿干订交，襟怀高旷，时兴[③]山居之想。重九日，余与鸿干俱在苏，有前辈王小侠与吾父稼夫公唤女伶演剧，宴客吾家。余患其扰，先一日约鸿干赴寒山登高，借访他日结庐之地，芸为整理小酒榼[④]。

【注释】

①奉贤：地名，在今上海奉贤区。

②直谅不阿：性格刚直坦诚。

③兴：产生。

④酒榼（kē）：盛酒器。

【原文】

越日，天将晓，鸿干已登门相邀。遂携榼出胥门，入面肆，各饱食。渡胥江，步至横塘枣市桥，雇一叶扁舟，到山，日犹未午。舟子颇循良[①]，令其籴米[②]煮饭。余两人上岸，先至中峰寺。寺在支硎[③]古刹之南，循道而上。寺藏深树，山门寂静，地僻僧闲，见余两人不衫不履[④]，不甚接待，余等志不在此，未深入。归舟，饭已熟。饭毕，舟子携榼相随，嘱其子守船，由寒山至高义园之白云精舍。轩临峭壁，下凿小池，围以石栏，一泓秋水，崖悬薜荔[⑤]，墙积莓苔。坐轩下，惟闻落叶萧萧，悄无人迹。出门有一亭，嘱舟子坐此相候。余两人从石罅[⑥]中入，名“一线天”，循级盘旋，直造[⑦]其巅，曰“上白云”，有庵已坍颓，存一危楼，仅可远眺。

【注释】

①循良：老实，规矩。

②籴（dí）米：买米。

③支硎（xíng）：山名，在苏州西，山有平石如硎，故名。硎，磨刀石。

④不衫不履：衣衫不整。

⑤薜（bì）荔：又名木莲，常绿木本植物。

⑥石罅（xià）：石缝。

⑦造：达，到。

【原文】

小憩片刻，即相扶而下，舟子曰："登高忘携酒榼矣。"鸿干曰："我等之游，欲觅偕隐地耳，非专为登高也。"舟子曰："离此南行二三里，有上沙村，多人家，有隙地，我有表戚范姓居是村，盍往一游？"余喜曰："此明末徐俟斋[1]先生隐居处也，有园闻极幽雅，从未一游。"于是舟子导往。

村在两山夹道中，园依山而无石，老树多极纡回盘郁之势，亭榭窗栏尽从朴素，竹篱茆舍[2]，不愧隐者之居。中有皂荚亭，树大可两抱。余所历园亭，此为第一。园左有山，俗呼鸡笼山[3]，山峰直竖，上加大石，如杭城之瑞石古洞，而不及其玲珑。旁一青石如榻，鸿干卧其上曰："此处仰观峰岭，俯视园亭，既旷且幽，可以开樽矣。"因拉舟子同饮，或歌或啸，大畅胸怀。土人知余等觅地而来，误以为堪舆[4]，以某处有好风水相告。鸿干曰："但期合意，不论风水。"（岂意竟成谶语[5]。）酒瓶既罄，各采野菊，插满两鬓。

【注释】

①徐俟斋：徐枋（1622—1694），明末举人，号俟斋，明亡后隐居，工书画，善诗文，有《居易堂》二十卷传世。

②茆（máo）舍：茅草屋。

③鸡笼山：山名，位于苏州天平山南。

④堪舆：察看风水。

⑤谶（chèn）语：预言。因顾鸿干二十二岁而卒，故有此语。

【原文】

归舟，日已将没。更许[1]抵家，客犹未散。芸私告余曰：

“女伶中有兰官者，端庄可取。”余假传母命，呼之入内，握其腕而睨之，果丰颐[2]白腻。余顾芸曰：“美则美矣，终嫌名不称实。”芸曰：“肥者有福相。”余曰：“马嵬之祸，玉环之福安在？”芸以他辞遣之出。谓余曰：“今日君又大醉耶？”余乃历述所游，芸亦神往者久之。

癸卯[3]春，余从思斋先生就维扬[4]之聘，始见金、焦面目。金山宜远观，焦山宜近视，惜余往来其间，未尝登眺。

渡江而北，渔洋[5]所谓“绿杨城郭是扬州”一语，已活现矣。平山堂[6]离城约三四里，行其途有八九里，虽全是人工，而奇思幻想，点缀天然，即阆苑瑶池[7]琼楼玉宇，谅不过此。其妙处在十馀家之园亭合而为一，联络至山，气势俱贯。其最难位置处，出城入景，有一里许紧沿城郭。夫城缀于旷远重山间，方可入画，园林有此，蠢笨绝伦。而观其或亭或台，或墙或石，或竹或树，半隐半露间，使游人不觉其触目，此非胸有丘壑者断难下手。

【注释】

①更许：一更左右，大约为下午七点至九点。

②丰颐：丰满。

③癸卯：乾隆四十八年，公元1783年。

④维扬：即扬州。

⑤渔洋：指的是清代诗人王士祯（1634—1711），他别号渔洋山人。

⑥平山堂：古迹，北宋欧阳修所建，位于扬州西北大明寺内。

⑦阆（làng）苑瑶池：传说中神仙的住所。

【原文】

城尽，以虹园为首，折而向北，有石梁[1]曰“虹桥”。不知园以桥名乎？桥以园名乎？荡舟过，曰“长堤春柳”，此景不缀城脚而缀于此，更见布置之妙。再折而西，垒土立庙，曰“小金山”。有此一挡，便觉气势紧凑，亦非俗笔。闻此地本沙土，屡筑不成，用木排若干，层叠加土，费数万金乃成，若非商家，乌能如是。

过此有胜概楼[②]，年年观竞渡于此。河面较宽，南北跨一莲花桥，桥门通八面，桥面设五亭，扬人呼为“四盘一暖锅”，此思穷力竭之为，不甚可取。桥南有莲心寺，寺中突起喇嘛白塔，金顶缨络[③]，高矗云霄；殿角红墙，松柏掩映，钟磬[④]时闻：此天下园亭所未有者。过桥见三层高阁，画栋飞檐，五彩绚烂，叠以太湖石，围以白石栏，名曰“五云多处”，如作文中间之大结构也。过此名“蜀岗朝旭”，平坦无奇，且属附会。将及山，河面渐束，堆土植竹树，作四五曲。似已山穷水尽，而忽豁然开朗，平山之万松林已列于前矣。“平山堂”为欧阳文忠公所书。所谓淮东第五泉，真者在假山石洞中，不过一井耳，味与天泉同。其荷亭中之六孔铁井栏者，乃系假设，水不堪饮。九峰园另在南门幽静处，别饶天趣，余以为诸园之冠。康山未到，不识如何。此皆言其大概，其工巧处、精美处，不能尽述。大约宜以艳妆美人目之，不可作浣纱溪上观也。余适恭逢南巡盛典[⑤]，各工告竣，敬演接驾点缀，因得畅其大观，亦人生难遇者也。

【注释】

①石梁：石桥。

②胜概楼：古迹名，位于扬州瘦西湖莲花桥西。

③金顶缨络：金黄色塔顶，四周垂下装饰物。

④钟磬（qìng）：佛寺中撞钟敲磬的声音。

⑤南巡盛典：指乾隆四十九年（1784），乾隆皇帝第二次下江南。

【原文】

甲辰[1]之春，余随侍吾父于吴江何明府幕中，与山阴章 蘋江、武林章映牧、苕溪颐蔼泉诸公同事，恭办南斗圩行宫，得第二次瞻仰天颜。一日，天将晚矣，忽动归兴。有办差小快船，双橹两浆，于太湖飞棹疾驰，吴俗呼为“出水辔头[2]”，转瞬已至吴门桥。即跨鹤腾空，无此神爽。抵家，晚餐未熟也。

吾乡素尚繁华，至此日之争奇夺胜，较昔尤奢。灯彩眩眸，笙歌聒耳，古人所谓“画栋雕甍[3]”“珠帘绣幕”“玉栏干”“锦步障[4]”，不啻过之[5]。余为友人东拉西扯，助其插花结彩，闲则呼朋引类，剧饮狂歌，畅怀游览，少年豪兴，不倦不疲。苟生于盛世而仍居僻壤，安得此游观哉？

【注释】

①甲辰：乾隆四十九年，公元1784年。

②辔（pèi）头：驾驭牲口的缰绳，此代指牲口。

③画栋雕甍（méng）：在屋梁和屋脊上彩绘雕刻。甍，屋脊。

④锦步障：锦制的遮蔽风尘的屏障。

⑤不啻（chì）过之：不只超过它，即有过之而无不及。啻，只，但。

【原文】

是年，何明府因事被议，吾父即就海宁王明府之聘。嘉兴有刘蕙阶者，长斋佞佛[1]，来拜吾父。其家在烟雨楼侧，一阁临河，曰“水月居”，其诵经处也，洁净如僧舍。烟雨楼在镜湖[2]之中，四岸皆绿杨，惜无多竹。有平台可远眺，渔舟星列，漠漠平波，似宜月夜。衲子备素斋甚佳。

至海宁，与白门[3]史心月、山阴俞午桥同事。心月一子名烛衡，澄静[4]缄默，彬彬儒雅，与余莫逆，此生平第二知心交也。惜萍水相逢，聚首无多日耳。

游陈氏安澜园，地占百亩，重楼复阁，夹道回廊。池甚广，桥作六曲形。石满藤萝，凿痕全掩。古木千章[5]，皆有参天之势。鸟啼花落，如入深山。此人工而归于天然者。余所历平地之假石园亭，此为第一。曾于桂花楼中张宴，诸味尽为花气所夺，惟酱姜味不变。姜、桂之性，老而愈辣，以喻忠节之臣，洵[6]不虚也。

【注释】

①长斋佞（nìng）佛：长期吃斋念佛。

②镜湖：即今浙江嘉兴南湖。

③白门：南京。

④澄静：平静。

⑤古木千章：古树千棵。

⑥洵：确实。

【原文】

出南门即大海，一日两潮，如万丈银堤，破海而过。船有迎潮者，潮至，反棹相向，于船头设一木招，状如长柄大刀，招一捺[1]，潮即分破，船即随招而入，俄顷始浮起，拨转船头，随潮而去，顷刻百里。塘上有塔院，中秋夜曾随吾父观潮于此。循塘东约三十里，名尖山[2]，一峰突起，扑入海中，山顶有阁，匾曰“海阔天空”，一望无际，但见怒涛接天而已。

余年二十有五，应徽州绩溪克明府之招，由武林下“江山船”，过富春山[3]，登子陵钓台。台在山腰，一峰突起，离水十馀丈。岂汉时之水竟与峰齐耶？月夜泊界口[4]，有巡检署[5]，“山高月小，水落石出”，此景宛然。黄山仅见其脚，惜未一瞻面目。

绩溪城处于万山之中，弹丸小邑，民情淳朴。近城有石镜山[6]，由山弯中曲折一里许，悬崖急湍，湿翠欲滴。渐高至山腰，有一方石亭，四面皆陡壁。亭左石削如屏，青色，光润可鉴人形，俗传能照前生。黄巢[7]至此，照为猿猴形，纵火焚之，故不复现。

【注释】

①一捺：一按。

②尖山：观潮胜地，在今浙江海宁黄湾镇。

③富春山：又名严陵山，位于浙江桐庐县西，据说汉代严子陵曾耕钓于此。

④界口：安徽与浙江的交界处。

⑤巡检署：边境检查衙门。

⑥石镜山：又称石照山，在今安徽绩溪华阳镇东。

⑦黄巢：公元820—884年，唐末农民起义的领袖人物。

【原文】

离城十里有火云洞天，石纹盘结，凹凸巉岩，如黄鹤山樵[1]笔意，而杂乱无章，洞石皆深绛色。旁有一庵，甚幽静，盐商程虚谷曾招游设宴于此。席中有肉馒头[2]，小沙弥眈眈旁视，授以四枚，临行以番银二圆为酬，山僧不识，推不受。告以一枚可易青钱[3]七百馀文，僧以近无易处，仍不受。乃攒凑青蚨六百文付之，始欣然作谢。

他日，余邀同人携榼再往，老僧嘱曰：“曩者小徒不知食何物而腹泻，今勿再与。”可知藜藿之腹[4]，不受肉味，良可叹也。余谓同人曰：“作和尚者，必居此等僻地，终身不见不闻，或可修真养静。若吾乡之虎丘山，终日目所见者妖童[5]艳妓，耳所听者弦索笙歌，鼻所闻者佳肴美酒，安得身如枯木，心如死灰哉！”

【注释】

①黄鹤山樵：元代画家王蒙（1308—1385）的号，吴兴人，善画山水，曾隐居黄鹤山。

②肉馒头：肉包子。

③青钱：清代流通的以铜、铅、锡三种金属制成的合金钱币。

④藜藿（lí huò）之腹：吃惯了野菜的肠胃。藜和藿都是野菜名。

⑤妖童：妖艳少年，代指男色。

【原文】

又去城三十里，名曰仁里[1]，有花果会，十二年一举，每举各出盆花为赛。余在绩溪，适逢其会，欣然欲往，苦无轿马，乃教以断竹为杠，缚椅为轿，雇人肩之而去，同游者惟同事许策廷，见者无不讶笑。

至其地，有庙，不知供何神。庙前旷处高搭戏台，画梁方柱，极其巍焕，近视则纸扎彩画，抹以油漆者。锣声忽至，四人抬对烛，大如断柱；八人抬一猪，大若牯牛，盖公养十二年，始宰以献神。策廷笑曰：“猪固寿长，神亦齿利。我若为神，乌能享此[2]？”余曰：“亦足见其愚诚也。”入庙，殿廊轩院所设花果盆玩，并不剪枝拗节，尽以苍老古怪为佳，大半皆黄山松。既而开场演剧，人如潮涌而至，余与策廷遂避去。

未两载，余与同事不合，拂衣[3]归里。

【注释】

①仁里：位于今安徽绩溪的瀛洲乡。

②乌能享此：怎能享受这个，讽刺供神的猪被养得太老。

③拂衣：拂袖而去，表示决绝。

【原文】

余自绩溪之游，见热闹场中卑鄙之状不堪入目，因易儒为贾[1]。余有姑丈袁万九，在盘溪之仙人塘作酿酒生涯，余与施心耕附资合伙。袁酒本海贩，不一载，值台湾林爽文之乱[2]，海道阻隔，货积本折，不得已，仍为冯妇[3]。馆江北四年，一无快游可记。

迨居萧爽楼，正作烟火神仙，有表妹倩徐秀峰自粤东归，见余闲居，慨然曰："足下待露而爨[4]，笔耕而炊，终非久计，盍偕我作岭南游？当不仅获蝇头利也。"芸亦劝余曰："乘此老亲尚健，子尚壮年，与其商柴计米而寻欢，不如一劳而永逸。"余乃商诸交游者，集资作本。芸亦自办绣货及岭南所无之苏酒、醉蟹等物。禀知堂上，于小春[5]十日，偕秀峰由东坝出芜湖口。

【注释】

①贾：商人。

②林爽文之乱：乾隆五十一年（1786），天地会领袖林爽文发动起义，反清复明，后被镇压。

③冯妇：春秋时晋国人，善于捕虎，后来弃武从文，但偶尔而到老虎，又情不自禁地去捕，后人以此来指代重操旧业。

④待露而爨：生活靠偶然机遇，意思是没有保障。

⑤小春：农历十月。

【原文】

长江初历，大畅襟怀。每晚舟泊后，必小酌船头。见捕鱼者罾幂[1]不满三尺，孔大约有四寸，铁箍四角，似取易沉。余笑曰："圣人之教，虽曰'罟不用数[2]'，而如此之大孔小罾，焉能有获？"秀峰曰："此专为网鳊鱼[3]设也。"见其系以长绠，忽起忽落，似探鱼之有无。未几，急挽出水，已有鳊鱼枷罾孔而起矣。余始喟然曰："可知一己之见，未可测其奥妙。"

一日，见江心中一峰突起，四无依倚。秀峰曰："此小孤山也。"霜林中，殿阁参差。乘风径过，惜未一游。

【注释】

①罾（zēng）幂：即渔网。

②罟（gǔ）不用数（cù）：打鱼不用密网，因密网只能打小鱼。语出《孟子·梁惠王》。

③鳊（biān）鱼：即鲂鱼。鳊，同"鳊"，头小，体扁。

【原文】

至滕王阁，犹吾苏府学之尊经阁移于胥门之大马头，王子安[1]序中所云不足信也。即于阁下换高尾昂首船，名"三板子"，由赣关至南安登陆。值余三十诞辰，秀峰备面为寿。越日，过大庾岭，山巅一亭，匾曰"举头日近"，言其高也。山头分为二，两边峭壁，中留一道如石巷。口列两碑，一曰"急流勇退"，一曰"得意不可再往"。山顶有梅将军祠，未考为何朝人。所谓岭上梅花，并无一树，意者以梅将军得名梅岭耶？余所带送礼盆梅，至此将交腊月，已花落而叶黄矣。过岭出口，山川风物便觉顿殊。岭西一山，石窍玲珑，已忘其名，舆夫[2]曰："中有仙人床榻。"匆匆竟过，以未得游为怅。至南雄，雇老龙船，过佛山镇，见人家墙顶多列盆花，叶如冬青，花如牡丹，有大红、粉白、粉红三种，盖山茶花也。

腊月望，始抵省城，寓靖海门[3]内，赁王姓临街楼层三椽。秀峰货物皆销与当道[4]，余亦随其开单拜客，即有配礼者，络绎取货，不旬日而余物已尽。除夕蚊声如雷。岁朝贺节，有棉袍、纱套者。不惟气候迥别，即土著人物，同一五官而神情迥异。

【注释】

①王子安：王勃（650—676），唐代文学家，字子安，《滕王阁序》是其名篇。

②舆夫：轿夫。

③靖海门：广州城门。

④当道：当局掌权者，此处指官商。

【原文】

正月既望，有署中园乡三友拉余游河观妓，名曰"打水围"，妓名"老举"。于是同出靖海门，下小艇，如剖分之半蛋而加篷焉。先至沙面[1]，妓船名"花艇"，皆对头分排，中留水巷，以通小艇往来。每帮约一二十号，横木绑定，以防海风。两船之间，钉以木桩，套以藤圈，以便随潮长落。鸨儿呼为"梳头婆"，头用银丝为架，高约四寸许，空其中而蟠发于外，以长耳挖[2]插一朵花于鬓，身披元青[3]短袄，著元青长裤，管拖脚背，腰束汗巾，或红或绿，赤足撒鞋，式如梨园旦脚。登其艇，即躬身笑迎，搴帏[4]入舱。旁列椅杌，中设大炕，一门通艄后。妇呼有客，即闻履声杂沓而出，有挽髻者，有盘辫者，傅粉如粉墙，搽脂如榴火，或红袄绿裤，或绿袄红裤，有著短袜而撮绣花蝴蝶履者，有赤足而套银脚镯者，或蹲于炕，或倚于门，双瞳闪闪，一言不发。余顾秀峰曰："此何为者也？"秀峰曰："目成之后，招之始相就耳。"余试招之，果即欢容至前，袖出槟榔为敬。入口大嚼，涩不可耐，急吐之，以纸擦唇，其吐如血，合艇皆大笑。

【注释】

①沙面：在今广州荔湾区。

②长耳挖：一种女性头饰，兼能挖耳。

③元青：黑色。

④搴（qiān）帏：掀开帘子。

【原文】

又至军工厂，妆束亦相等，惟长幼皆能琵琶而已。与之言，对曰"噬"。"噬"者，"何"也。余曰："少不入广者，以其销魂耳，若此野妆蛮语，谁为动心哉？"一友曰："潮帮妆束如仙，可往一游。"至其帮，排舟亦如沙面。有著名鸨儿素娘者，妆束如花鼓妇。其粉头[①]衣皆长领，颈套项锁，前发齐眉，后发垂肩，中挽一鬏[②]似丫髻，裹足者著裙，不裹足者短袜，亦著蝴蝶履，长拖裤管，语音可辨。而余终嫌为异服，兴趣索然。秀峰曰："靖海门对渡有扬帮，皆吴妆，君往，必有合意者。"一友曰："所谓扬帮者，仅一鸨儿，呼曰'邵寡妇'，携一媳曰大姑，系来自扬州，馀皆湖广、江西人也。"

因至扬帮。对面两排仅十馀艇，其中人物皆云鬟雾鬓，脂粉薄施，阔袖长裙，语音了了，所谓邵寡妇者殷勤相接。遂有一友另唤酒船，大者曰"恒艖"，小者曰"沙姑艇"，作东道相邀，请余择妓。余择一雏年者，身材状貌，有类余妇芸娘，而足极尖细，名喜儿。秀峰唤一妓名翠姑。余皆各有旧交。放艇中流，开怀畅饮。至更许，余恐不能自持，坚欲回寓，而城已下钥[3]久矣。盖海疆之城，日落即闭，余不知也。

【注释】

①粉头：失足妇女。

②鬏（jiū）：头发盘成的髻。

③下钥：落锁，指关城门。

【原文】

及终席，有卧而吃鸦片烟者，有拥妓而调笑者，伻头[1]各送衾枕至，行将连床开铺[2]。余暗询喜儿："汝本艇可卧否？"对曰："有寮[3]可居，未知有客否也。"（寮者，船顶之楼。）余曰："姑往探之。"招小艇渡至邵船，但见合帮灯火，相对如长廊，寮适无客。鸨儿笑迎曰："我知今日贵客来，故留寮以相待也。"余笑曰："姥真荷叶下仙人哉！"遂有伻头移烛相引，由舱后梯而登。宛如斗室，旁一长榻，几案俱备。揭帘再进，即在头舱之顶，床亦旁设，中间方窗嵌以玻璃，不火而光满一室，盖对船之灯光也。衾帐镜奁，颇极华美。

喜儿曰："从台可以望月。"即在梯门之上，叠开一窗，蛇行而出，即后梢之顶也。三面皆设短栏，一轮明月，水阔天空。纵横如乱叶浮水者，酒船也；闪烁如繁星列天者，酒船之灯也。更有小艇梳织往来，笙歌弦索之声，杂以长潮之沸，令人情为之移。余曰："少不入广，当在斯矣。"惜余妇芸娘不能偕游至此，回顾喜儿，月下依稀相似，因挽之下台，息烛而卧。天将晓，秀峰等已哄然至，余披衣起迎，皆责以昨晚之逃。余曰："无他，恐公等掀衾揭帐耳！"遂同归寓。

【注释】

①伻（bēng）头：使唤丫头。

②连床开铺：收拾床铺。

③寮（liáo）：小屋子。

【原文】

越数日，偕秀峰游海珠寺[①]。寺在水中，围墙若城四周。离水五尺许，有洞，设大炮以防海寇，潮长潮落，随水浮沉，不觉炮门之或高或下，亦物理[②]之不可测者。十三洋行[③]在幽兰门之西，结构与洋画同。对渡名花地，花木甚繁，广州卖花处也。余自以为无花不识，至此仅识十之六七，询其名，有《群芳谱》[④]所未载者，或土音之不同欤？

海幢寺规模极大，山门内植榕树，大可十余抱，阴浓如盖，秋冬不凋。柱槛窗栏，皆以铁梨木为之。有菩提树[⑤]，其叶似柿，浸水去皮肉，筋细如蝉翼纱，可裱小册写经。

【注释】

①海珠寺：又名“慈度寺”，原在海珠岛上，后岛与陆地相连，今已废弃。

②物理：事物的道理。

③十三洋行：在鸦片战争前，清政府特许在广州进行对外贸易的商行，初期只有十三家，故称“十三洋行”。

④《群芳谱》：全名《二如亭群芳谱》，由明代王象晋撰写，是一部介绍植物栽培的著作，内容按天、岁、谷、蔬、果、茶竹、桑麻葛棉、药、木、花、卉、鹤鱼十二谱分类，记载植物达四百余种，每一植物分列种植、制用、疗治、典故、丽藻等项目，其中观赏植物约占一半，一些重要花卉植物列出了很多品种名称。

⑤菩提树：一种常绿乔木，叶呈卵圆形，果实扁圆，原产于印度，我国云南和广东等地有栽培。

【原文】

归途访喜儿于花艇，适翠、喜二妓俱无客。茶罢欲行，挽留再三。余所属意在寮，而其媳大姑已有酒客在上，因谓邵鸨儿曰："若可同往寓中，则不妨一叙。"邵曰："可。"秀峰先归，嘱从者整理酒肴。余携翠、喜至寓。正谈笑间，适郡署[①]王懋老不期而来，挽之同饮。

酒将沾唇，忽闻楼下人声嘈杂，似有上楼之势，盖房东一侄素无赖，知余招妓，故引人图诈耳。秀峰怨曰："此皆三白一时高兴，不合[②]我亦从之。"余曰："事已至此，应速思退兵之计，非斗口时也。"懋老曰："我当先下说之。"

余即唤仆速雇两轿，先脱两妓，再图出城之策。闻懋老说之不退，亦不上楼。两轿已备，余仆手足颇捷，令其向前开路。秀挽翠姑继之，余挽喜儿于后，一哄而下。秀峰、翠姑得仆力，已出门去。喜儿为横手[③]所拿，余急起腿，中其臂，手一松而喜儿脱去，余亦乘势脱身出。余仆犹守于门，以防追抢。急问之曰："见喜儿否？"仆曰："翠姑已乘轿去，喜娘但见其出，未见其乘轿也。"余急燃炬，见空轿犹在路旁。

【注释】

①郡署：郡府官署。

②不合：不该。

③横手：打手。

【原文】

急追至靖海门，见秀峰侍翠轿而立，又问之，对曰："或应投东，而反奔西矣。”急反身，过寓十余家，闻暗处有唤余者，烛之，喜儿也。遂纳之轿，肩而行。秀峰亦奔至，曰：“幽兰门有水窦[①]可出，已托人贿之启钥[②]，翠姑去矣，喜儿速往。”余曰：“君速回寓退兵，翠、喜交我。”

至水窦边，果已启钥，翠先在。余遂左掖喜，右挽翠，折腰鹤步，踉跄出窦。天适微雨，路滑如油，至河干[③]沙面，笙歌正盛。小艇有识翠姑者，招呼登舟。始见喜儿，首如飞蓬[④]，钗环俱无有。余曰：“被抢去耶？”喜儿笑曰：“闻此皆赤金[⑤]，阿母物也。妾于下楼时已除去，藏于囊中。若被抢去，累君赔偿耶。”余闻言，心甚德之，令其重整钗环，勿告阿母，托言寓所人杂，故仍归舟耳。翠姑如言告母，并曰：“酒菜已饱，备粥可也。”

【注释】

①水窦：水洞。窦，孔，洞。

②贿之启钥：向管理者行贿让他开门。

③河干：河岸。

④首如飞蓬：头发像乱草一样。

⑤赤金：纯金。

【原文】

时寮上酒客已去，邵鸨儿命翠亦陪余登寮。见两对绣鞋，泥污已透。三人共粥，聊以充饥。剪烛絮谈，始悉翠籍湖南，喜亦豫产，本姓欧阳，父亡母醮[①]，为恶叔所卖。翠姑告以迎新送旧之苦，心不欢必强笑，酒不胜必强饮，身不快必强陪，喉不爽必强歌。更有乖张其性者，稍不合意，即掷酒翻案，大声辱骂，假母不察，反言接待不周，又有恶客彻夜蹂躏，不堪其扰。喜儿年轻初到，母犹惜之。不觉泪随言落。喜儿亦默然涕泣。余乃挽喜入怀，抚慰之。嘱翠姑卧于外榻，盖因秀峰交也。

自此，或十日，或五日，必遣人来招，喜或自放小艇，亲至河干迎接。余每去，必偕秀峰，不邀他客，不另放艇。一夕之欢，番银四圆而已。秀峰今翠明红[②]，俗谓之跳槽，甚至一招两妓。余则惟喜儿一人，偶独往，或小酌于平台，或清谈于寮内，不令唱歌，不强多饮，温存体恤，一艇怡然，邻妓皆羡之。有空闲无客者，知余在寮，必来相访。合帮之妓，无一不识，每上其艇，呼余声不绝，余亦左顾右盼，应接不暇，此虽挥霍万金所不能致者。

【注释】

①母醮（jiào）：母亲改嫁。醮，原指古代结婚时用酒祭神的礼，这里指改嫁。

②今翠明红：今天选翠，明天选红，比喻经常更换妓女。

【原文】

余四月在彼处，共费百余金，得尝荔枝鲜果，亦生平快事。后鸨儿欲索五百金强余纳喜，余患其扰，遂图归计。秀峰迷恋于此，因劝其购一妾，仍由原路返吴。

明年，秀峰再往，吾父不准偕游，遂就青浦[①]杨明府之聘。及秀峰归，述及喜儿因余不往，几寻短见。噫！“半年一觉扬帮梦，赢得花船薄幸名[②]”矣。

余自粤东归来，馆青浦两载，无快游可述。未几，芸、憨相遇，物议[③]沸腾，芸以激愤致病。余与程墨安设一书画铺于家门之侧，聊佐汤药之需。

中秋后二日，有吴云客偕毛忆香、王星烂邀余游西山[④]小静室，余适腕底无闲[⑤]，嘱其先往。吴曰：“子能出城，明午当在山前水踏桥之来鹤庵相候。”余诺之。

【注释】

①青浦：县名，清属松江府，即今天的上海青浦区。

②半年一觉扬帮梦，赢得花船薄幸名：化用唐代诗人杜牧《遣怀》中的名句，原诗为“十年一觉扬州梦，赢得青楼薄幸名”。

③物议：人们的非议。

④西山：在苏州，是太湖中的第一大岛。

⑤腕底无闲：形容忙于绘画或书写之类的事情。

【原文】

越日，留程守铺，余独步出阊门[①]，至山前，过水踏桥，循田塍[②]而西。见一庵南向，门带清流，剥啄[③]问之，应曰：“客何来？”余告之。笑曰：“此‘得云’也，客不见匾额乎？‘来鹤’已过矣。”余曰：“自桥至此，未见有庵。”其人回指曰：“客不见土墙中森森多竹者，即是也。”

余乃返至墙下，小门深闭，门隙窥之，短篱曲径，绿竹猗猗[④]，寂不闻人语声。叩之，亦无应者。一人过，曰：“墙穴有石，敲门具也。”余试连击，果有小沙弥出应。余即循径入，过小石桥，向西一折，始见山门，悬黑漆额，粉书“来鹤”二字，后有长跋，不暇细观。入门经韦驮殿[⑤]，上下光洁，纤尘不染，知为小静室。

【注释】

①阊（chāng）门：苏州城西门。

②田塍（chéng）：田间界路。

③剥啄：敲门的声音，这里用作动词，指敲门。

④猗猗（yī）：茂盛的样子。

⑤韦驮殿：供奉韦驮菩萨的殿堂。韦驮，是佛的护法神，相传他姓韦名琨，是南方增长天王属下八大神将之一，位居三十二员神将之首。据说，在释迦佛入涅时，邪魔把佛的遗骨抢走，韦驮及时追赶，奋力夺回。因此佛教便把他作为驱除邪魔，保护佛法的天神。从宋代开始，中国寺庙中供奉韦驮，称为韦驮菩萨，常站在弥勒佛像背后，面向大雄宝殿，护持佛法，护助出家人。

【原文】

忽见左廊又一小沙弥奉壶出，余大声呼问，即闻室内星烂笑曰："何如？我谓三白决不失信也。"旋见云客出迎，曰："候君早膳，何来之迟？"一僧继其后，向余稽首[①]，问知为竹逸和尚。入其室，仅小屋三椽，额曰"桂轩"，庭中双桂盛开。星烂、忆香群起嚷曰："来迟罚三杯。"席上荤素精洁，酒则黄白俱备。余问曰："公等游几处矣？"云客曰："昨来已晚，今晨仅到得云、河亭耳。"欢饮良久。

饭毕，仍自得云、河亭共游八九处，至华山而止。各有佳处，不能尽述。华山之顶有莲花峰，以时欲暮，期以后游。桂花之盛，至此为最，就花下饮清茗一瓯，即乘山舆[②]，径回来鹤。

【注释】

①稽（qǐ）首：出家人举一手向人行礼。

②山舆：山轿。

【原文】

桂轩之东，另有临洁小阁，已杯盘罗列。竹逸寡言静坐而好客善饮。始则折桂催花[①]，继则每人一令，二鼓始罢。余曰："今夜月色甚佳，即此酣卧，未免有负清光，何处得高旷地，一玩月色，庶不虚此良夜也？”竹逸曰：“放鹤亭可登也。”云客曰：“星烂抱得琴来，未闻绝调，到彼一弹何如？”乃偕往。但见木犀香里，一路霜林，月下长空，万籁俱寂。星烂弹《梅花三弄》[②]，飘飘欲仙。忆香亦兴发，袖出铁笛，呜呜而吹之。云客曰：“今夜石湖看月者，谁能如吾辈之乐哉？”盖吾苏八月十八日石湖行春桥下，有看串月胜会[③]，游船排挤，彻夜笙歌，名虽看月，实则挟妓哄饮而已。未几，月落霜寒，兴阑归卧。

明晨，云客谓众曰：“此地有无隐庵，极幽僻，君等有到过者否？”咸对曰：“无论未到，并未尝闻也。”竹逸曰：“无隐四面皆山，其地甚僻，僧不能久居。向年曾一至，已坍废，自尺木彭居士[④]重修后，未尝往焉，今犹依稀识之。如欲往游，请为前导。”忆香曰：“枵腹去耶？”竹逸笑曰：“已备素面矣，再令道人携酒盒相从也。”面毕，步行而往。过高义园[⑤]，云客欲往白云精舍，入门就坐。一僧徐步出，向云客拱手曰：“违教[⑥]两月，城中有何新闻？抚军在辕[⑦]否？”忆香忽起曰：“秃！”拂袖径出。余与星烂忍笑随之，云客、竹逸酬答数语，亦辞出。

【注释】

①折桂催花：一种饮酒时的游戏，即折下桂枝，击鼓传花。

②《梅花三弄》：又名《梅花引》《梅花曲》《玉妃引》，原本是晋朝桓伊所作的一首笛曲，后来改编为古琴曲。乐曲借物抒怀，通过梅花的洁白芬芳和耐寒等特性来歌颂具有高尚节操的人。全曲共十个段落，因为主题在琴的不同徽位的泛音上弹奏三次（上准、中准、下准三个部位演奏），故称“三弄”。

③串月胜会：苏州上方山东面的石湖有宝带桥纵贯南北，有

五十三个桥洞，月光映水，正对环洞，形成一环一月、连接成串的奇观，称为串月。当地民俗每遇农历八月十八登山看月，称为看串月。

④尺木彭居士：即清代学者彭绍升（1740—1796），法名际清，字允初，号尺木，江苏长洲人。

⑤高义园：宋代文学家范仲淹（989—1052）的墓园。

⑥违教：没有得到教诲，为谦词，指没有见面。

⑦辕：辕门，此处为高级官署的代称。

【原文】

高义园即范文正公墓，白云精舍在其旁。一轩面壁，上悬藤萝，下凿一潭，广丈许，一泓清碧，有金鳞[①]游泳其中，名曰“钵盂泉”。竹炉茶灶，位置极幽。轩后于万绿丛中，可瞰范园之概。惜衲子俗，不堪久坐耳。是时由上沙村过鸡笼山，即余与鸿干登高处也。风物依然，鸿干已死，不胜今昔之感。

正惆怅间，忽流泉阻路，不得进，有三五村童掘菌子[②]于乱草中，探头而笑，似讶多人之至此者。询以无隐路，对曰：“前途水大不可行，请返数武，南有小径，度岭可达。”从其言。度岭南行里许，渐觉竹树丛杂，四山环绕，径满绿茵，已无人迹。竹逸徘徊四顾，曰：“似在斯，而径不可辨，奈何？”余乃蹲身细瞩，于千竿竹中隐隐见乱石墙舍，径拨丛竹间，横穿入觅之，始得一门，曰“无隐禅院，某年月日南园老人彭某重修”，众喜，曰：“非君则武陵源矣。”

【注释】

①金鳞：金鱼。

②菌子：蘑菇。

【原文】

山门紧闭，敲良久，无应者。忽旁开一门，呀然有声，一鹑衣[①]少年出，面有菜色，足无完履，问曰：“客何为者？”竹逸稽首曰：“慕此幽静，特来瞻仰。”少年曰：“如此穷山，僧散无人接待，请觅他游。”言已，闭门欲进。云客急止之，许以启门放游，必当酬谢。少年笑曰：“茶叶俱无，恐慢客耳，岂望酬耶？”

山门一启，即见佛面，金光与绿阴相映，庭阶石础[②]苔积如绣，殿后台级如墙，石栏绕之。循台而西，有石形如馒头，高二丈许，细竹环其趾。再西折北，由斜廊蹑级而登，客堂三楹，紧对大石。石下凿一小月池，清泉一派，荇藻[③]交横。堂东即正殿，殿左西向为僧房厨灶，殿后临峭壁，树杂阴浓，仰不见天。星烂力疲，就池边小憩，余从之。

【注释】

①鹑（chún）衣：破旧衣服。

②石础（chǔ）：房柱下的基石。

③荇藻（xìng zǎo）：水草。

【原文】

将启盒小酌，忽闻忆香音在树杪，呼曰：“三白速来，此间有妙境。”仰而视之，不见其人，因与星烂循声觅之。由东厢出一小门，折北，有石蹬如梯，约数十级，于竹坞[①]中瞥见一楼。又梯而上，八窗洞然[②]，额曰“飞云阁”。四山抱列如城，缺西南一角，遥见一水浸天，风帆隐隐，即太湖也。倚窗俯视，风动竹梢如翻麦浪。忆香曰：“何如？”余曰：“此妙境也。”忽又闻云客于楼西呼曰：“忆香速来，此地更有妙境。”因又下楼，折而西，十馀级，忽豁然开朗，平坦如台。度其地，已在殿后峭壁之上，残砖缺础尚存，盖亦昔日之殿基也。周望环山，较阁更畅。忆香对太湖长啸一声，则群山齐应。

乃席地开樽，忽愁枵腹，少年欲烹焦饭[③]代茶，随令改茶为粥，邀与同啖。询其何以冷落至此，曰：“四无居邻，夜多暴客，积粮时来强窃，即植蔬果，亦半为樵子所有。此为崇宁寺[④]下院，长厨中月送饭乾一石、盐菜一坛而已。某为彭姓裔，暂居看守，行将归去，不久当无人迹矣。”云客谢以番银一圆。

返至来鹤，买舟而归。余绘《无隐图》一幅，以赠竹逸，志快游也。

【注释】

①竹坞（wù）：竹园。

②洞然：明亮的样子。

③焦饭：指锅巴。

④崇宁寺：位于今江苏昆山巴城镇北，始建于南北朝时期梁天监八年（509）。

【原文】

是年冬，余为友人作中保所累，家庭失欢，寄居锡山华氏。明年春，将之维扬而短于资，有故人韩春泉在上洋[①]幕府，因往访焉。衣敝履穿，不堪入署，投札约晤于郡庙园亭中。及出见，知余愁苦，慨助十金。园为洋商捐施而成，极为阔大，惜点缀各景，杂乱无章，后叠山石，亦无起伏照应。

归途忽思虞山之胜，适有便舟附之。时当春仲，桃李争妍，逆旅[②]行踪，苦无伴侣，乃怀青铜三百，信步至虞山书院。墙外仰瞩，见丛树交花，娇红稚绿，傍水依山，极饶幽趣。惜不得其门而入，问途以往，遇设篷瀹茗[3]者，就之，烹碧罗春，饮之极佳。询虞山何处最胜，一游者曰：“从此出西关，近剑门，亦虞山最佳处也，君欲往，请为前导。”余欣然从之。出西门，循山脚，高低约数里，渐见山峰屹立，石作横纹。至则一山中分，两壁凹凸，高数十仞，近而仰视，势将倾堕。其人曰：“相传上有洞府，多仙景，惜无径可登。”余兴发，挽袖卷衣，猿攀而上，直造其巅。所谓洞府者，深仅丈许，上有石罅，洞然见天。俯首下视，腿软欲堕。乃以腹面壁，依藤附蔓而下。其人叹曰：“壮哉！游兴之豪，未见有如君者。”余口渴思饮，邀其人就野店沽饮三杯。阳乌将落，未得遍游，拾赭石[4]十馀块，怀之归寓，负笈搭夜航至苏，仍返锡山。此余愁苦中之快游也。

【注释】

①上洋：即上海。

②逆旅：旅舍。旅舍为迎止游客之处，故称“逆旅”。

③瀹（yuè）茗：煮茶，烹茶。

④赭石：一种暗棕色的石头，可以用作颜料。

【原文】

嘉庆甲子[1]春，痛遭先君之变，行将弃家远遁，友人夏揖山挽留其家。秋八月，邀余同往东海永泰沙，勘收花息。沙隶崇明，出刘河口，航海百馀里。新涨初辟，尚无街市。茫茫芦荻，绝少人烟，仅有同业丁氏仓房数十椽，四面掘沟河，筑堤栽柳绕于外。丁字实初，家于崇，为一沙之首户。司会计者姓王，俱豪爽好客，不拘礼节，与余乍见，即同故交。宰猪为饷，倾瓮为饮。令则拇战，不知诗文；歌则号呶[2]，不讲音律。酒酣，挥工人舞拳相扑为戏。蓄牯牛百馀头，皆露宿堤上。养鹅为号，以防海贼。日则驱鹰犬猎于芦丛沙渚间，所获多飞禽。余亦从之驰逐，倦则卧。引至园田成熟处，每一字号圈筑高堤，以防潮汛。堤中通有水窦，用闸启闭，旱则涨潮时启闸灌之，潦则落潮时开闸泄之。佃人皆散处如列星，一呼俱集，称业户曰“产主”，唯唯听命，朴诚可爱，而激之非义，则野横过于狼虎。幸一言公平，率然拜服。风雨晦明，恍同太古。卧床外瞩，即睹洪涛，枕畔潮声，如鸣金鼓。

一夜，忽见数十里外有红灯大如栲栳[3]，浮于海中，又见红光烛天，势同失火，实初曰：“此处起现神灯神火，不久又将涨出沙田矣。”揖山兴致素豪，至此益放。余更肆无忌惮，牛背狂歌，沙头醉舞，随其兴之所至，真生平无拘之快游也。事竣，十月始归。

【注释】

①嘉庆甲子：嘉庆九年，公元1804年。

②号呶（náo）：号叫，呼喊。

③栲栳（kǎo lǎo）：用竹篾编成的圆筐。

【原文】

吾苏虎丘之胜，余取后山之千顷云一处，次则剑池而已，馀皆半借人工，且为脂粉所污，已失山林本相。即新起之白公祠、塔影桥，不过留名雅耳。其冶坊滨，余戏改为“野芳滨”，更不过脂乡粉队，徒形其妖冶而已。其在城中最著名之狮子林，虽曰云林手笔，且石质玲珑，中多古木，然以大势观之，竟同乱堆煤渣，积以苔藓，穿以蚁灾，全无山林气势。以余管窥所及，不知其妙。灵岩山，为吴王馆娃宫故址，上有西施洞、响屧廊[1]、采香径诸胜，而其势散漫，旷无收束，不及天平、支硎之别饶幽趣。

邓尉山[②]一名玄墓，西背太湖，东对锦峰，丹崖翠阁，望如图画。居人种梅为业，花开数十里，一望如积雪，故名“香雪海”。山之左有古柏四树，名之曰“清”“奇”“古”“怪”：清者，一株挺直，茂如翠盖；奇者，卧地三曲，形同“之”字；古者，秃顶扁阔，半朽如掌；怪者，体似旋螺，枝干皆然。相传汉以前物也。

乙丑[③]孟春，揖山尊人莼芗先生偕其弟介石，率子侄四人，往幞山家祠春祭，兼扫祖墓，招余同往。顺道先至灵岩山，出虎山桥，由费家河进香雪海观梅。幞山祠宇即藏于香雪海中，时花正盛，咳吐[④]俱香。余曾为介石画《幞山风木图》十二册。

【注释】

①响屧（xiè）廊：春秋时吴王宫中的廊名，相传吴王筑此廊，令足底木空声彻，西施着木屧行经廊上，辄生妙响，遗址在今江苏省苏州市西灵岩山。

②邓尉山：位于苏州城西南三十公里处，吴中区光福镇西南部，因东汉太尉邓禹曾隐居于此而得名。

③乙丑：嘉庆十年，公元1805年。

④咳吐：谈吐。

【原文】

是年九月，余从石琢堂殿撰赴四川重庆府之任，溯长江而上，舟抵皖城[①]。皖山之麓，有元季忠臣余公[②]之墓，墓侧有堂三楹，名曰“大观亭”，面临南湖，背倚潜山。亭在山脊，眺远颇畅。旁有深廊，北窗洞开，时值霜叶初红，烂如桃李。同游者为蒋寿朋、蔡子琴。南城外又有王氏园，其地长于东西，短于南北，盖北紧背城，南则临湖故也。既限于地，颇难位置，而观其结构，作重台叠馆之法。重台者，屋上作月台为庭院，叠石栽花于上，使游人不知脚下有屋。盖上叠石者则下实，上庭院者则下虚，故花木仍得地气而生也。叠馆者，楼上作轩，轩上再作平台。上下盘折，重叠四层，且有小池，水不漏泄，竟莫测其何虚何实。其立脚全用砖石为之，承重处仿照西洋立柱法。幸面对南湖，目无所阻，骋怀游览，胜于平园。真人工之奇绝者也。

武昌黄鹤楼在黄鹄矶[3]上，后拖黄鹄山，俗呼为蛇山。楼有三层，画栋飞檐，倚城屹峙，面临汉江，与汉阳晴川阁[4]相对。余与琢堂冒雪登焉，仰视长空，琼花飞舞，遥指银山玉树，恍如身在瑶台。江中往来小艇，纵横掀播，如浪卷残叶，名利之心至此一冷。壁间题咏甚多，不能记忆，但记楹对有云："何时黄鹤重来，且共倒金樽，浇洲渚千年芳草；但见白云飞去，更谁吹玉笛，落江城五月梅花。"

黄州赤壁在府城汉川门外，屹立江滨，截然如壁。石皆绛色，故名焉，《水经》[5]谓之赤鼻山。东坡游此，作二赋，指为吴魏交兵处，则非也。壁下已成陆地，上有二赋亭。

【注释】

①皖城：地名，故城在今安徽潜山县北。

②余公：余阙（1303—1358），字廷心，一字天心，生于庐州（今安徽合肥）。公元1358年春，余阙任安庆郡守，陈友谅急攻安庆城西门，余阙身先士卒亲自迎击，拼斗中突见城中火起，知城池已失守，遂拔刀自刎，自沉于安庆西门外清水塘中。

③黄鹄矶：即黄鹤山。

④晴川阁：位于中国湖北省武汉市汉阳龟山东麓禹功矶上，始

建于明代嘉靖年间，为汉阳太守范之箴在修葺禹稷行宫（原为禹王庙）时所增建，得名于唐朝诗人崔颢“晴川历历汉阳树，芳草萋萋鹦鹉洲”诗句。

⑤《水经》：中国第一部记述水系的专著，著者和成书年代历来说法不一，争议颇多，北魏郦道元为其作注，有《水经注》传世。

【原文】

是年仲冬，抵荆州。琢堂得升潼关观察之信，留余住荆州，余以未得见蜀中山水为怅。时琢堂入川，而哲嗣敦夫眷属，及蔡子琴、席芝堂俱留于荆州，居刘氏废园[①]。余记其厅额曰“紫藤红树山房”。庭阶围以石栏，凿方池一亩。池中建一亭，有石桥通焉。亭后筑土垒石，杂树丛生。余多旷地，楼阁俱倾颓矣。客中无事，或吟或啸，或出游，或聚谈。岁暮虽资斧[②]不继，而上下雍雍，典衣沽酒，且置锣鼓敲之。每夜必酌，每酌必令。窘则四两烧刀，亦必大施觞政。

遇同乡蔡姓者，蔡子琴与叙宗系，乃其族子也。倩其导游名胜。至府学前之曲江楼，昔张九龄为长史时，赋诗其上，朱子[③]亦有诗曰：“相思欲回首，但上曲江楼。”城上又有雄楚楼，五代时高氏所建。规模雄峻，极目可数百里。绕城傍水，尽植垂杨，小舟荡桨往来，颇有画意。荆州府署即关壮缪[④]帅府，仪门内有青石断马槽，相传即赤兔马食槽也。访罗含宅于城西小湖上，不遇。又访宋玉故宅于城北。昔庾信遇侯景之乱，遁归江陵，居宋玉故宅，继改为酒家，今则不可复识矣。

【注释】

①刘氏废园：汉末刘表曾为荆州牧，后荆州为刘备占据，此为当时的遗迹。

②资斧：盘缠。

③朱子：朱熹。

④关壮缪（miào）：即关羽，建安十九年（214）曾镇守荆州，壮缪为其死后谥号。

【原文】

是年大除[1]，雪后极寒，献岁发春，无贺年之扰，日惟燃纸炮，放纸鸢，扎纸灯以为乐。既而风传花信，雨濯春尘，琢堂诸姬携其少女、幼子顺川流而下，敦夫乃重整行装，合帮而走。由樊城登陆，直赴潼关。

由河南阌乡[2]县西出函谷关，有“紫气东来”四字，即老子乘青牛所过之地。两山夹道，仅容二马并行。约十里即潼关，左背峭壁，右临黄河，关在山河之间扼喉而起，重楼垒垛，极其雄峻。而车马寂然，人烟亦稀。昌黎诗曰：“日照潼关四扇开。”殆亦言其冷落耶？

【注释】

①大除：除夕。

②阌（wén）乡县：旧县名，它南依秦岭，东靠函谷关，西连潼关，是古时兵家必争之地，1954年撤销建制，后与灵宝合并。

【原文】

城中观察之下，仅一别驾[1]。道署紧靠北城，后有园圃，横长约三亩。东西凿两池，水从西南墙外而入，东流至两池间，支分三道：一向南至大厨房，以供日用；一向东，入东池；一向北折西，由石螭[2]口中喷入西池，绕至西北，设闸泄泻，由城脚转北，穿窦而出，直下黄河。日夜环流，殊清人耳。竹树阴浓，仰不见天。西池中有亭，藕花绕左右。东有面南书室三间，庭有葡萄架，下设方石，可弈可饮，以外皆菊畦。西有面东轩屋三间，坐其中可听流水声。轩南有小门，可通内室。轩北窗下，另凿小池，池之北有小庙，祀花神。园正中筑三层楼一座，紧靠北城，高与城齐，俯视城外即黄河也。河之北，山如屏列，已属山西界，真洋洋大观也。余居园南，屋如舟式，庭有土山，上有小亭，登之可览园中之概，绿阴四合，夏无暑气。琢堂为余颜其斋曰“不系之舟”。此余幕游以来第一好居室也。土山之间，艺菊数十种，惜未及含葩[3]，而琢堂调山左廉访矣。以眷属移寓潼川书院，余亦随往院中居焉。

【注释】

①别驾：官名，道员手下的属官。

②石螭：石雕的螭形怪兽，其口泄水。螭，古代传说中一种无角的龙。

③含葩（pā）：含苞欲放。葩，花。

【原文】

琢堂先赴任，余与子琴、芝堂等无事，辄出游。乘骑至华阴庙。过华封里，即尧时三祝[1]处。庙内多秦槐汉柏，大皆三四抱，有槐中抱柏而生者，柏中抱槐而生者。殿廷古碑甚多，内有陈希夷[2]书“福”“寿”字。华山之脚有玉泉院，即希夷先生化形骨蜕处。有石洞如斗室，塑先生卧像于石床。其地水净沙明，草多绛色，泉流甚急，修竹绕之。洞外一方亭，额曰“无忧亭”。旁有古树三株，纹如裂炭，叶似槐而色深，不知其名，土人即呼曰“无忧树”。太华[3]之高，不知几千仞，惜未能裹粮往登焉。

归途见林柿正黄，就马上摘食之，土人呼止弗听，嚼之涩甚，急吐去，下骑觅泉漱口，始能言，土人大笑。盖柿须摘下煮一沸，始去其涩，余不知也。

【注释】

①尧时三祝：即华封三祝，是华州人对上古贤者唐尧的三个美好祝愿，即长寿、富有和多男，典出《庄子·天地》。

②陈希夷：即陈抟（？—989），字图南，号扶摇子，赐号“白云先生”“希夷先生”，北宋著名的道家学者、养生家，尊奉黄老之学。

③太华：即华山。

【原文】

十月初，琢堂自山东专人来接眷属，遂出潼关，由河南入鲁。

山东济南府城内，西有大明湖，其中有历下亭、水香亭诸胜。夏月，柳阴浓处，菡萏[①]香来，载酒泛舟，极有幽趣。余冬日往视，但见衰柳寒烟，一水茫茫而已。

趵突泉为济南七十二泉之冠，泉分三眼，从地底怒涌突起，势如腾沸。凡泉皆从上而下，此独从下而上，亦一奇也。池上有楼，供吕祖[②]像，游者多于此品茶焉。

明年二月，余就馆莱阳。至丁卯[③]秋，琢堂降官翰林，余亦入都。所谓登州海市，竟无从一见。

【注释】

①菡萏（hàn dàn）：荷花。

②吕祖：即吕洞宾。

③丁卯：嘉庆十二年，公元1807年。

卷五　中山记历

【题解】

这一卷是后人的伪作，但究竟出自何人之手呢？据学界考证，当是黄楚香根据李鼎元的《使琉球记》改头换面，拼凑而成的。虽系伪作，而且也无法与前四卷相提并论，不过其中所述琉球见闻，确实让人耳目一新，颇值得玩味。另外，沈复曾于嘉庆十三年（1808）随册封使齐鲲到过琉球，近年新发现的《册封琉球国记略》被认为是卷五《海国记》的残稿。

【原文】

嘉庆四年[①]，岁在己未，琉球国中山王尚穆薨。世子尚哲先七年卒；世孙尚温表请袭封。中朝怀柔远藩，锡[②]以恩命，临轩召对，特简儒臣。

于是，赵介山先生，名文楷，太湖人，官翰林院修撰，充正使。李和叔先生，名鼎元，绵州人，官内阁中书[③]，副焉。介山驰书，约余偕行。余以高堂垂老，惮于远游，继思游幕二十年，遍窥两戒，然而尚囿方隅之见，未观域外，更历瀴溟[④]之胜，庶广异闻。禀商吾父，允以随往。从客凡五人：王君文诰，秦君元钧，缪君颂，杨君华才，其一即余也。

【注释】

①嘉庆四年：公元1799年。

②锡：同“赐”。

③内阁中书：清代让官品稍低的翰林院官员参与机务，作为皇

帝的顾问，这个相当于智囊团的机构当时称为内阁，中书是官职名。

④濙溟（yǐng míng）：水面浩渺的样子。

【原文】

五年五月朔日[①]，随簜节[②]以行，祥飙送风，神鱼扶舳，计六昼夜，径达所届。凡所目击，咸登掌录。志山水之丽崎，记物产之瑰怪，载官司之典章，嘉士女之风节。文不矜奇，事皆记实。自惭谫陋[③]，甘贻测海之嗤；要堪传言，或胜凿空之说云尔。

五月朔日，恰逢夏至，襆被[④]登舟。向来封中山王，去以夏至，乘西南风；归以冬至，乘东北风，风有信也。舟二，正使与副使共乘其一。舟身长七丈，首尾虚艄三丈，深一丈三尺，宽二丈二尺，较历来封舟，几小一半。前后各一桅，长六丈有奇，围三尺。中舱前一桅，长十丈有奇，围六尺，以番木为之。通计二十四舱，舱底贮石，载货十一万斤奇。龙口置大炮一，左右各置大炮二，兵器贮舱内。大桅下横大木为辘轳，移炮升篷皆仗之，挚以数十人。舱面为战台，尾楼为将台，立帜列藤牌，为使臣厅事。下即舵楼，舵前有小舱，实以沙布针盘。中舱梯而下，高可六尺，为使臣会食地。前舱贮火药、贮米，后以居兵。稍后为水舱，凡四井。二号船称是。每船约二百六十馀人，船小人多，无立锥处。风信已届，如欲易舟，恐延时日也。

【注释】

①朔日：初一。

②簜（dàng）节：古代使臣所持的信物，用竹节做的，这里指代使臣。

③谫（jiǎn）陋：浅薄。

④襆被：打点行装。

【原文】

初二日午刻，移泊鳌门[①]。申刻，庆云见于西方，五色轮囷[②]，适与楼船旗帜上下辉映，观者莫不叹为奇瑞。或如玄圭，或如白珂，或如灵芝，或如玉禾，或如绛绡，或如紫纶，或如文杏之叶，或如含桃之颗，或如秋原之草，或如春湘之波。向读屠长卿赋，今始知其形容之妙也。画士施生为《航海行乐图》甚工。余见兹图，遂乃搁笔。香厓虽善画，亦不能办此。

初四日亥刻[③]，起碇。乘潮至罗星塔[④]，海阔天空，一望无际。余妇芸娘，昔游太湖，谓得见天地之宽，不虚此生。使观于海，其愉快又当何如？

初九日卯刻[⑤]，见彭家山，列三峰，东高而西下。申刻，见钓鱼台[⑥]，三峰离立，如笔架，皆石骨。惟时水天一色，舟平而驶。有白鸟无数，绕船而送，不知所自来。入夜，星影横斜，月光破碎，海面尽作火焰，浮沉出没，木华[⑦]《海赋》所谓“阴火潜然”者也。

【注释】

①鳌门：古地名，在今福建漳州。

②轮囷（qūn）：盘曲，回旋。

③亥刻：晚上九点至十一点。

④罗星塔：在今福州市东南马尾镇的罗星山上，修建于宋代，高七层，有“中国塔”之誉。

⑤卯刻：早上五点至七点。

⑥钓鱼台：即钓鱼岛。

⑦木华：西晋文学家，今仅存《海赋》一篇，此篇描写大海的

变化情态，瑰丽宏阔，在当时非常有名。

【原文】

初十日辰正[1]，见赤尾屿。屿方而赤，东西凸而中凹，凹中又有小峰二。船从山北过，有大鱼二，夹舟行，不见首尾，脊黑而微绿，如十围枯木，附于舟侧。舟人以为风暴将起，鱼先来护。午刻，大雷雨以震，风转东北，舵无主。舟转侧甚危，幸而大鱼附舟，尚未去。忽闻霹雳一声，风雨顿止。申刻，风转西南且大。合舟之人，举手加额，咸以为有神助。得二诗以志之。诗云：

平生浪迹遍齐州，又附星槎[2]作远游。
鱼解扶危风转顺，海云红处是琉球。

白浪滔滔撼大荒，海天东望正茫茫。
此行足壮书生胆，手挟风雷意激昂。

自谓颇能写出尔时光景。

【注释】

①辰正：上午七点至九点。

②星槎（chá）：古代神话中往来天上的木筏，这里代指舟船。

【原文】

十一日午刻，见姑米山。山共八岭，岭各一二峰，或断或续。未刻，大风暴雨如注，然雨虽暴而风顺。酉刻，舟已近山。琉球人以姑米多礁，黑夜不敢进，待明而行。亦不下碇，但将篷收回，顺风而立，则舟荡漾而不能进退。戌刻，舟中举号火，姑米山有人应之。询知为球人暗令：日则放炮，夜则举火，《仪》注所谓得信者，此也。

十二日辰刻，过马齿山。山如犬羊相错，四峰离立，若马行空。计又行七更，船再用甲寅针，取那霸[①]港。回望见迎封船在后，共相庆幸。历来针路所见，尚有小琉球、鸡笼山、黄麻屿，此行俱未见。闻知琉球伙长[②]，年已六十，往来海面八次，每度细审，得其准的，以为不出辰卯二位，而乙卯位单，乙针尤多，故此次最为简捷，而所见亦仅三山，即至姑米。针则开洋用单辰，行七更后，用乙辰，自后尽用乙，过姑米，乃用乙卯。惟记更以香，殊难凭准。念五虎门至官塘，里有定数，因就时辰表按时计里，每时约行百有十里。自初八日未时开洋[③]，讫十二日辰时，计共五十八时。初十日，暴风停两时。十一日夜，畏触礁，停三时，实行五十三时，计程应得五千八百三十里。计到那霸港，实洋面六千里有奇。

【注释】

①那霸：琉球最大的城市。

②伙长：船长。

③开洋：开船出海。

【原文】

据琉球伙长云，海上行舟，风小固不能驶，风过大，亦不能驶。风大则浪大，浪大力能壅船[①]，进尺仍退二寸。惟风七分，浪五分，最宜驾驶，此次是也。从来渡海，未有平稳而驶如此者。于时，球人驾独木船数十，以纤挽舟而行，迎封三接如仪。辰刻，进那霸港。先是，二号船于初十日望不见，至是乃先至。迎封船亦随后至，齐泊临海寺前。伙长云，从未有三舟齐到者。

午刻，登岸。倾国人士，聚观于路，世孙率百官迎诏如仪。世孙年十七，白皙而丰颐，仪度雍容，善书，颇得松雪笔意[2]。

按《中山世鉴》，隋使羽骑尉朱宽至国，于万涛间，见地形如虬龙浮水，始曰“流虬”。而《隋书》又作“流求”，《新唐书》作“流鬼”，《元史》又作“瑠求”，明复作“琉球”。《世鉴》又载，元延祐元年[3]，国分为三大里，凡十八国，或称山南王，或称山北王。余于中山、南山游历几遍，大村不及二里，而即谓之国，得勿夸大乎？

【注释】

①壅船：阻碍船，使船不能前进。

②松雪笔意：赵孟頫的字体。赵孟頫（1254—1322），元代大书法家，号松雪道人。

③元延祐元年：公元1314年。

【原文】

球人每言大风，必曰台飓。按韩昌黎诗：“雷霆逼飓飔[1]。”是与飓同称者为飔。《玉篇》：“飔，大风也，于笔切。”《唐书·百官志》：“有飔海道，或系球人误书。”《隋书》称琉球有虎、狼、熊、罴，今实无之。又云无牛羊驴马。驴诚无，而六畜无不备。乃知书不可尽信也。

天使馆西向，仿中华廨署，有旗竿二，上悬册封黄旗。有照墙，有东西辕门，左右有鼓亭，有班房。大门署曰“天使馆”，门内廊房各四楹。仪门署曰“天泽门”，万历中使臣夏子阳题，年久失去，前使徐葆光补出。门内左右各十一间，中有甬道，道西榕树一株，大可十围，徐公手植。最西者为厨房，大堂五楹，署曰“敷命堂”，前使汪楫题。稍北，葆光额曰“皇纶[2]三锡”。堂后有穿堂，直达二堂。堂五楹，中为正副使会食之地，前使周公署曰“声教东渐”。左右即寤室[3]。

堂后南北各一楼，南楼为正使所居，汪楫额曰“长风阁”。北楼为副使所居，前使林麟焻额曰“停云楼”。额北有诗牌，乃海山先生所题也。周砺礁石为垣，望同百雉[④]。垣上悉植火凤，干方，无花有刺，似霸王鞭，叶似慎火草，俗谓能避火，名吉姑罗。南院有水井。楼皆上覆瓴，下砌方砖，院中平似沙，桌椅床帐悉仿中国式。寄尘得诗四首，有句云：“相看楼阁云中出，即是蓬莱岛上居。”又有句云：“一舟蓊径凭风信，五日飞帆驻月楂。”皆真情真境也。

【注释】

①颶（yù）：大风。

②皇纶：皇帝诏书。

③寤（wù）室：寝室。

④雉：古代面积单位，长三丈、高一丈为一雉。

【原文】

孔子庙在久米村。堂三楹，中为神座，如王者垂旒搢圭[①]，而署其主曰：“至圣先师孔子神位。”左右两龛。龛二人立侍，各手一经，标曰“易”“书”“诗”“春秋”，即所谓四配也。堂外为台，台东西，拾级以登，栅如棂星门，中仿戟门[②]，半树塞以止行者。其外临水为屏墙。堂之东，为明伦堂，堂北祀启圣。久米士之秀者，皆肄业其中。择文理精通者为师，岁有廪给，丁祭一如中国仪。敬题一诗云：“洋溢声名四海驰，岛邦也解拜先师。庙堂肃穆垂旒贵，圣教如今洽九夷。”用伸仰止之忱。

国中诸寺，以圆觉为大。渡观莲塘桥，亭供辨才天女[③]，云即斗姥。将入门，有池曰“圆鉴”，荇藻交横，芰荷半倒。门高敞，有楼翼然。左右金刚四，规格略仿中国。佛殿七楹。

更进，大殿亦七楹，名龙渊殿。中为佛堂，左右奉木主，亦祀先王神位，兼祀祧主[④]。左序为方丈，右序为客座，皆设席。周缘以布，下衬极平而净，名曰“踏脚绵”。方丈前，为蓬莱庭。左为香积厨，侧有井，名“不冷泉”。客座右为古松岭，异石错舛，列于松间。左厢为僧寮，右厢为狮子窟。僧寮南有乐楼。楼南为园，绕花木。此圆觉寺之胜概也。

【注释】

①垂旒（liú）搢（jìn）圭：头上戴着垂玉串的帽子，腰里佩着玉圭。

②戟门：古代官门立戟，唐制三品以上官员才可以门前立戟，所以后人以“戟门”指称显贵之家。

③辨才天女：佛教女神，神通广大，对于音乐极其精通。

④祧（tiāo）主：祖庙中所祭祀的神主。

【原文】

又有护国寺，为国王祷雨之所。龛内有神，黑而裸，手剑立，状甚狰狞。有钟，为前明景泰七年[①]铸。寺后多凤尾蕉，一名铁树。又有天王寺，有钟，亦为景泰七年铸。又有定海寺，有钟，为前明天顺三年[②]铸。至于龙渡寺、善兴寺、和光寺，荒废无可述者。

此邦海味，颇多特产，为中国之所罕见。一石鉅，似墨鱼而大，腹圆如蜘蛛，双须八手，攒生两肩，有刺，类海参，无足无鳞介，如鲍鱼。登莱有所谓八带鱼者，以形考之，殆是石鉅[③]，或即乌鲗[④]之别种欤？

一海蛇，长三尺，僵直如朽索，色黑，状狰狞。土人云：能杀虫，疗痼，已疠；殆永州异蛇类。土俗甚重之，以为贵品。

一海胆，如猬，剥皮去肉，捣成泥，盛以小瓶，可供馔。

【注释】

①明景泰七年：公元1456年。景泰，明代宗年号。

②明天顺三年：公元1459年。天顺，明英宗年号。

③石鮔（jù）：章鱼。

④乌鲗（zéi）：乌贼，墨鱼。

【原文】

一寄生螺，大小不一，长圆各异，皆负壳而行。螺中有蟹，两螯八跪，跪四大四小，以大跪行；螯一大一小，小者常隐，大者以取食。触之则大跪尽缩，以一大螯拒户。蟹也而有螺性。《海赋》所云“璅蛣[①]腹蟹”，岂其类欤？《太平广记》谓“蟹入螺中”，似先有蟹。然取置碗中，以观其求脱之势，力猛壳脱，顷刻死，则又与壳相依为命。造物不测，难以臆度也。

一沙蟹，阔而薄，两螯大于身。甲小而缺其前，缩两螯以补之，若无缝。八跪特短，脐无甲，尖团莫辨。见人则凹双睛，噀水[②]高寸许，似善怒。养以沙水，经十馀日，不食亦不死。

一蚶，径二尺以上，围五尺许，古人所谓“屋瓦子”，以壳形凹凸，像瓦屋也。

一海马肉，薄片回屈如刨花，色如片茯苓，品之最贵者，不易得，得则先以献王。其状鱼身马首，无毛而有足，皮如江豚。此皆海味之特产也。

【注释】

①璅蛣（suǒ jié）：一种寄居蟹，又名海镜，外壳有花纹。

②噀（xùn）水：喷水。

【原文】

此邦果实，亦有与中国不同者。蕉[1]实状如手指，色黄，味甘，瓣如柚，亦名甘露。初熟色青，以糖覆之则黄。其花红，一穗数尺。瓤须五、六出，岁实为常，实如其须之数。中国亦有蕉，不闻岁结实，亦无有抽其丝作布者，或其性殊欤？

布之原料，与制布之法，亦有与中国异者。一曰蕉布，米色，宽一尺，乃芭蕉沤抽其丝织成，轻密如罗。

一曰苎布[2]，白而细，宽尺二寸，可敌棉布。

一曰丝布，白而棉软，苎经而丝纬，品之最尚者。《汉书》所谓蕉、筒、荃、葛，即此类也。

一曰麻布，米色而粗，品最下矣。国人善印花，花样不一，皆剪纸为范。加范于布，涂灰焉，灰干去范，乃着色。干而浣之，灰去而花出，愈浣而愈鲜，衣敝而色不退。此必别有制法，秘不语人。故东洋花布，特重于闽也。

【注释】

①蕉：在此指蕉麻，又称马尼拉麻，形似芭蕉，叶鞘内纤维粗硬坚韧，可供纺织和造纸。

②苎（zhù）布：用苎麻纺织的布。

【原文】

此邦草木，多与中国异称，惜未携《群芳谱》来，一一辨证之耳。罗汉松谓之樫，冬青谓之福木，万寿菊谓之禅菊，铁树谓之凤尾蕉，以叶对出形似也，亦谓之海棕榈，以叶盖头形似也。有携至中华以为盆玩者，则谓之万年棕云。凤梨[1]，开花者谓之男木，白瓣若莲，颇香烈，不实；无花者谓之女木，而实大，如瓜可食。或云，即波罗蜜别种，球人又谓之“阿呾呢”。月橘，谓之十里香，叶如枣，小白花，甚芳烈，实如天竹子，稍大。闻二月中，红累累满树，若火齐然。惜余未及见也。

球阳地气多暖，时届深秋，花草不杀，蚊雷不收，荻花盛开。野牡丹，二三月花，至八月复复，花累累如铃铎，素瓣，紫晕，檀心，圆而大，颇芳烈。佛桑[2]四季皆花，有白色，有深红、粉红二色。因得一诗，诗云：

偶随使节泛仙槎，日日春游玩物毕。

天气常如二三月，山林不断四时花。

亦真情真景也。

【注释】

①凤梨：即菠萝。

②佛桑：又名扶桑、佛槿、中国蔷薇，常绿灌木，高约1～3米，小枝圆柱形，由于花色大多为红色，所以中国岭南一带将之俗称为大红花。

【原文】

球人嗜兰，谓之孔子花，陈宅尤多异产。有风兰，叶较兰稍长，篾竹[1]为盆，挂风前，即蕃衍。有名护兰，叶类桂而厚，稍长如指，花一箭八九出，以四月开，香胜于兰。出名护岳岩石间，不假水土，或寄树桠，或裹以棕而悬之，无不茂。有粟兰，一名芷兰，叶如凤尾花，作珍珠状。有棒兰，绿色，茎如珊瑚，无叶，花出桠间，如兰而小，亦寄树活。又有西表松兰、竹兰之目，或致自外岛，或取之岩间，香皆不减兰也。因得一诗，诗云：

移根绝岛最堪夸，道是森森阙里[2]花。

不比寻常凡草木，春风一到即繁华。

题诗既毕，并为写生，愧无黄筌之妙笔耳。

【注释】

①篾竹：把竹子劈成长条以备编织。

②阙里：孔子的住地。

【原文】

沿海多浮石，嵌空玲珑，水击之，声作钟磬，此与中国彭蠡之口石钟山相似。

闲居无可消遣，与施生弈，用琉球棋子。白者磨螺之封口石为之，内地小螺拒户有圆壳，海蝼大者，其拒户之壳，厚五六分，径二寸许，圆白如砗磲[1]，土人名曰“封口石”。黑者磨苍石为之，子径六分许，围二寸许，中凸而四周削，无正背面，不类云南子式。棋盘以木为之，厚八寸，四足，足高四寸，面刻棋路。其俗好弈，举棋无不定之说，颇亦有国手。局终数空眼多少，不数实子，数正同。相传国中供奉棋神，画女相如仙子，不令人见，乃国中雅尚也。

六月初八日辰刻，正、副使恭奉谕祭文，及祭银焚帛，安放龙彩亭内。出天使馆东行，过久米村、泊村，至安里桥（即真玉桥）。世孙跪接如仪，即导引入庙。礼毕，引观先王庙。正庙七楹，正中向外，通为一龛，安奉诸王神位。左昭自舜马至尚穆，共十六位；右穆自义本至尚敬，共十五位。

是日，球人观者弥山匝地[2]，男子跪于道左，女子聚立远观。亦有施帷挂竹帘者，土人云系贵官眷属。女皆黥首[3]、指节为饰，甚者全黑，少者间作梅花斑。国俗不穿耳，不施脂粉，无珠翠首饰。

【注释】

①砗磲（chē qú）：也叫车渠，是分布于印度洋和西太平洋的一类大型海产双壳类软体动物。世界上报道的只有九种，都生活在热带海域的珊瑚礁环境中，我国的台湾海南、西沙群岛及其他南海岛屿也有这类动物分布。

②弥山亘地：即漫山遍野，形容很多。

③黥（qíng）首：在额头上刺字文图。

【原文】

人家门户，多树“石敢当”碣，墙头多植吉姑罗或榛树，剪剔极齐整。国人呼中国为唐山，呼华人为唐人。球地皆土沙，雨过即可行，无泥泞。

奥山有却金亭，前明册使陈给事侃归时却金，故国人造亭以表之。

辨岳，在王宫东南三里许，过圆觉寺，从山脊行，水分左右，堪舆家[①]谓之过峡，中山来脉也。山大小五峰，最高者谓之辨岳。灌木密覆，前有石柱二，中置栅二，外板阁二。少左，有小石塔，左右列石案五。折而东，数十级至顶，有石垆[②]二：西祭山，东祭海。岳之神，曰祝，祝谓是天孙氏第二女云。国王受封，必斋戒亲祭，正、五、九月，祭山海及护国神，皆在辨岳也。

【注释】

①堪舆家：风水先生。

②石垆（lú）：石头祭台。

【原文】

波上、雪崎及龟山，余已游遍，而要以鹤头为最胜。随正副使往游，陟[①]其巅，避日而坐。草色粘天，松阴匝地。东望辨岳，秀出天半，王宫历历如画。其南，则近水如湖，远山如岸，丰见城巍然突出，山南王之旧迹犹有存者。西望马齿、姑米，出没隐见，若近若远，封舟之来路也。北俯那霸、久米，人烟辐辏[②]，举凡山川灵异，草木阴翳，鱼鸟沉浮，云烟变灭，莫不争奇献巧，毕集目前。乃知前日之游，殊为卤莽。梁大夫小具盘樽，席地而饮，余亦趣仆以酒肴至。未申之交，凉风乍生，微雨将洒，乃移樽登舟。时海潮正涨，沙岸弥漫，遂由奥山南麓折而东北。山石嵌空欲落，海燕如鸥，渔舟似织。俄而返照入山，冰轮出水，文鳐[③]无数，飞射潮头。与介山举觞弄月，击楫而歌。樽不空，客皆醉。越渡里村，漏已三下。却金亭前，列炬如昼，迎者倦矣。乃相与步月而归，为中山第一游焉。

泉崎桥桥下，为漫湖浒。每当晴夜，双门供月，万象澄清，如玻璃世界，为中山八景之一。旺泉味甘，亦为中山八景之一。王城有亭，依城望远，因小憩亭中，品瑞泉，纵观中山八景。八景者：泉崎夜月、临海潮声、久米竹篱、龙洞松涛、笋崖夕照、长虹秋霁、城岳灵泉、中岛蕉园也。亭下多棕榈、紫竹，竹丛生，高三尺余，叶如棕，狭而长，即所谓观音竹也。亭南有蚶壳，长八尺许，贮水以供盥，知大蚶不易得也。

【注释】

①陟（zhì）：登上。

②人烟辐辏（còu）：人口密集。

③文鳐：原是古代传说中的一种飞鱼。此处指的是生活在热带海洋中的燕鳐鱼，由于它能够跃出水面十几米，空中停留的最长时

间是四十多秒，飞行的最远距离有四百多米，所以人们又称之为飞鱼。

【原文】

国人浣漱不用汤，家竖石桩，置石盂或蚶壳其上，贮水，旁置一柄筒。晓起，以筒盛水，浇而盥漱之。客至亦然。地多草，细软如毯，有事则取新沙覆之。国人取玳瑁[①]之甲，以为长簪，传至中国，率由闽粤商贩。球人不知贵，以为贱品。昆山之旁，以玉抵鹊，地使然也。

丰见山顶，有山南王第故城。徐葆光诗有“颓垣宫阙无全瓦，荒草牛羊似破村”之句。王之子孙，今为那姓，犹聚居于此。

辻山，国人读为“失山”。琉球字皆对音，十、失无别，疑迭之误也。副使辑《球雅》，谓一字作二三字读，二三字作一字读者，皆义而非音，即所谓寄语，国人尽知之。音则合百余字，或十余字为一音，与中国音迥异。国中惟读书通文理者，乃知对音，庶民皆不知也。

久米官之子弟，能言，教以汉语；能书，教以汉文。十岁称若秀才，王给米一石。十五薙发[②]，先谒孔圣，次谒国王。王籍其名，谓之秀才，给米三石。长则选为通事，为国中文物声名最，即明三十六姓后裔也。那霸人以商为业，多富室。明洪武[③]初，赐闽人三十六姓善操舟者，往来朝贡。国中久米村，梁、蔡、毛、郑、陈、曾、阮、金等姓，乃三十六姓之裔，至今国人重之。

【注释】

①玳瑁（dài mào）：一种热带海龟，古人常用其壳制成装饰品。

②薙（tì）发：即剃发。薙，通“剃”。

③洪武：明太祖朱元璋的年号。

【原文】

与寄公谈玄理，颇有入悟处，遂与唱和成诗。法司蔡温、紫金大夫程顺则、蔡文溥，三人集诗，有作者气。顺则别著《航海指南》，言渡海事甚悉。蔡温尤肆力于古文，有《蓑翁语录》《至言》等目，语根经学，有道学气。出入二氏之学，盖学朱子而未纯者。

琉球山多瘠硗[①]，独宜薯。父老相传，受封之岁，必有丰年。今岁五月稍旱，幸自后雨不愆期，卒获大丰，薯可四收。海邦臣民，倍觉欢欣。佥[②]曰：“非受封岁，无此丰年也。”

六月初旬，稻已尽收。球阳地气温暖，稻常早熟，种以十一月，收以五六月。薯则四时皆种，三熟为丰，四熟则为大丰。稻田少，薯田多，国人以薯为命，米则王官始得食。亦有麦豆，所产不多。五月二十日，国中祭稻神。此祭未行，稻虽登场，不敢入家也。

七月初旬，始见燕，不巢人屋。中国燕以八月归，此燕疑未入中国者。其来以七月，巢必有地。别有所谓海燕，较紫燕[③]稍大，而白其羽，有全白似鸥者。多巢岛中，间有至中国，人皆以为瑞。应潮鸡，雄纯黑，雌纯白，皆短足长尾，驯不避人。香厓购一小犬，而毛豹斑，性灵警，与饭不食，与薯乃食，知人皆食薯矣。鼠、雀最多，而鼠尤虐。亦有猫，不知捕鼠，邦人以为玩。乃知物性亦随地而变。鹰、雁、鹅、鸭特少。

【注释】

①瘠硗（jí qiāo）：贫瘠硗薄，指土地坚硬不肥沃。

②佥：通“签”，占卜。

③紫燕：亦称越燕，小而多声，颔下为紫色。

【原文】

枕有方如圭者，有圆如轮而连以细轴者，有如文具藏数层者，制特精，皆以木为之。率宽三寸，高五寸。漆其外，或黑或朱。立而枕之，反侧则仆。按《礼记·少仪》注：“颖，警枕也。谓之颖者，颖然[①]警悟也。”又司马文正公，以圆木为警枕，少睡则转而觉，乃起读书。此殆警枕之遗。

衣制皆宽博交衽[②]，袖广二尺，口皆不缉，特短袂，以便作事。襟率无钮带，总名衾。男束大带，长丈六尺、宽四寸以为度。腰围四五转，而收其垂于两胁间。烟包、纸袋、小刀、梳、篦之属，皆怀之，故胸前襟带皱起凸然。其胁下不缝者，惟幼童及僧衣为然。僧别有短衣如背心，谓之断俗，此其概也。

帽以薄木片为骨，叠帕而蒙之，前七层，后十一层。花锦帽，远望如屋漏痕者，品最贵，惟摄政王叔国相得冠之。次品花紫帽，法司冠之。其次则纯紫。大略紫为贵，黄次之，红又次之，青绿斯下。各色又以绫为贵，绢为次。国王未受封时，戴乌纱帽。双翅，侧冲上向，盘金，朱缨垂颔，下束五色绦。至是冠皮弁[③]，状如中国梨园演王者便帽，前直列花瓣七，衣蟒腰玉。

【注释】

①颖然：清醒明白的样子。

②宽博交衽：衣服宽大，衣襟相交叠。

③皮弁（biàn）：古代用白鹿皮制成的帽子，为上朝的常服。

【原文】

肩舆如中国饼轿，中置大椅，上施大盖，无帷幔，辕粗而长，无绊，无横木，以八人左右肩之而行。

杜氏[1]《通典》载琉球国俗，谓妇人产必食子衣[2]，以火自炙，令汗出。余举以问杨文凤："然乎？"对曰："火炙诚有之，食衣则否。"即今中山已无火炙俗，惟北山犹未尽改。

嫁娶之礼，固陋已甚。世家亦有以酒肴珠贝为聘者，婚时即用本国轿，结彩鼓乐而迎。不计妆奁，父母送至夫家即返。不宴客，至亲具酒贺，不过数人。《隋书》云琉球风俗："男女相悦，便相匹偶。"盖其旧俗也。询之郑得功，郑得功曰："三十六姓初来时，俗尚未改。后渐知婚礼，此俗遂革。今国中有夫之妇，犯奸即杀。"余始悟琉球所以号守礼之国者，亦由三十六姓教化之力也。

小民有丧，则邻里聚送，观者护丧，掩毕即归。宦家则同官相知者，亦来送柩，出即归，大都不宴客。题主官[3]率皆用僧，男书"圆寂大禅定"，女书"禅定尼"，无考妣[4]称。近日宦家亦有书官爵者。棺制三尺，屈身而殓之，近宦家亦有长五六尺者，民则仍旧。

【注释】

①杜氏：即杜佑（735—812），唐朝中叶宰相，字君卿，京兆万年（今陕西西安附近）人，以三十六年的功力完成了二百卷的历史著作——《通典》，开典章制度专史的先河。其孙之一为晚唐著名诗人杜牧。

②子衣：胎盘，又称紫河车。

③题主官：将丧主的名字写在木主之上的人，通常是附近书法较好的。

④考妣（bǐ）：父母。

【原文】

此邦之人，肘比华人稍短，《朝野佥载》[1]亦谓人形短小似昆仑。余所见士大夫短小者固多，亦有修髯丰颐者、颀而长者、胖而腹腰十围者，前言似未足信。人体多狐臭，古所谓愠羝[2]也。

世禄之家皆赐姓，士庶率以田地为姓，更无名，其后裔则云某氏之子孙儿男。所谓田、米，私姓也。

国中兵刑惟三章：杀人者死，伤人及重罪徒，轻罪罚日中晒之。计罪而定其日，国中数年无斩犯。间有犯斩罪者，又率引刀自剖腹死。

七月十五夜，开窗，见人家门外，皆列火炬二。询之土人，云：国俗于十五日盆祭，预期迎神，祭后乃去之。盆祭者，中国所谓盂兰会[3]也。连日见市上小儿，各手一纸幡，对立招展，作迎神状，知国俗盆祭祀先，亦大祭矣。

龟山南岸有窑，国人取车螯大蚶之壳以煅，塈[4]灰壁不及石灰，而粘过者。再东北有池，为国人煮盐处。

【注释】

①《朝野佥载》：笔记小说集，唐代张鷟撰写。此书记载朝野逸闻，尤多武后朝事，共计六卷，有的为《资治通鉴》所取材。

②愠羝（dī）：狐臭。

③盂（yú）兰会：即中元节，佛教在这一天组织超度亡灵的法会。

④塈（xì）：以泥涂屋顶。

【原文】

七月二十五日，正、副使行册封礼，途中观者益众。上万松岭，迤逦而东。衢道修广，有坊，榜曰："中山道。"又进一坊，榜曰："守礼之邦。"世孙戴皮弁，服蟒衣，腰玉带，垂裳结佩，率百官跪迎道左。更进为欢会门，踞山巅，叠礁石为城，削磨如壁，有鸟道，无雉堞[①]，高五尺以上，远望如聚髑髅。始悟《隋书》所谓王居多聚髑髅于其下者，乃远望误于形似，实未至城下也。城外石崖，左镌"龙冈"字，右镌"虎崒"字。王宫西向，以中国在海西，表忠顺面向之意。后东向为继世门，左南向为水门，右北向为久庆门。再进，层崖有门西北向，曰瑞泉。左右甬道，有左掖、右掖二门。更进有漏西向，榜曰："刻漏。"上设铜壶漏水。更进有门西北向，为奉神门，即王府门也。殿廷方广十数亩，分砌二道。由甬道进至阙廷，为王听政之所。壁悬伏羲画卦象，龙马负图立其前，绢色苍古，微有剥蚀，殆非近代物。北宫殿屋固朴，屋举手可接，以处山冈，且阻海飓。面对为南宫。此日正、副使宴于北宫。大礼既成，通国欢忭。闻国王经行处，悉有彩饰。泉崎道旁，列盆花异卉，绕以朱栏，中刻木作麒麟形，题曰："非龙非彪[②]，非熊非罴[③]，王者之瑞兽。"天妃宫前，植大松六，叠假山四，作白鹤二，生子母鹿三。池上结棚，覆以松枝，松子垂如葡萄。池中刻木鲤大小五，令浮水面。环池以竹，栏旁有坊，曰"偕乐坊"。柱悬一板，题曰："鹿濯濯，鸟翯翯[④]，牣鱼跃。"归而述诸副使，副使曰："此皆《志略》所载，事隔数十年。一字不易，可谓印板文字矣。"从客皆笑。

【注释】

①雉堞（dié）：泛指城墙。

②彪：小老虎。

③罴：熊的一种，也叫棕熊、马熊或人熊，古称罴，毛棕褐色，能爬树游水。

④翯翯（hè hè）：洁白的样子。

【原文】

宜野湾县有龟寿者，事继母以孝，国人莫不闻。母爱所生子，而短[①]龟寿于其父伊佐前，且不食以激其怒。伊佐惑之，欲死龟寿，将令深夜汲北宫，要而杀之。仆匿龟寿于家，往谏伊佐，伊佐缚而放之，且谓事已露，不可杀，乃逐龟寿。龟寿既被放，欲自尽，又恐张母恶。值天雨雹，病不支，僵卧于路。巡官见之，近而抚其体犹温，知未死，覆以己衣，渐苏。徐诘其故，龟寿不欲扬父母之恶，饰词告之。初，巡官闻孝子龟寿被放，意不平。至是见言语支吾，疑即龟寿。赐衣食，令去，密访得其状。乃传集村人，系伊佐妻至，数其罪而监之。将告于王，龟寿愿以身代，巡官不忍伤孝子心，召伊佐夫妇面谕之。妇感悟，卒为母子如初。副使既为之记，余复为诗以表章之。诗云：

辅轩[②]问俗到球阳，潜德端须为阐扬。
诚孝由来能感格，何殊闵损与王祥。
以为事继母而不能尽孝者劝。

【注释】

①短：说坏话。

②辅（yóu）轩：古代使臣乘坐的一种轻车，这里代指使臣。

【原文】

经迭山墟、方集，因步行集中。观所市物，薯为多，亦有鱼、盐、酒、菜、陶、木器、蕉苎、土布，粗恶无足观者。国无肆店，率业于其家。市货以有易无，不用银钱。

闻国中率用日本宽永钱，比来[①]亦不见。昨香厓携示串钱，环如鹅眼，无轮廓，贯以绳，积长三寸许，连四贯而合之，封以纸，上有钤记[②]。此球人新制钱，每封当大钱十。盖国中钱少，宽永钱铜质较美，恐或有人买去，故收藏之，特制此钱应用，市中无钱以此。

国中男逸女劳，无有肩担背负者。趋集、织纫及采薪、运水，皆妇人主之，凡物皆戴之顶。

女衣既无钮无带，又不束腰，而国俗男女皆无袴[③]，势须以手曳襟。襟较男衣长，叠襟下为两层，风不得开。因悟髻必偏坠者，以手既曳襟，须空其顶以戴物。童而习之，虽重百斤，登山涉涧，无倾侧，是国中第一绝技也。其动作也，常卷两袖至背，贯绳而束之。发垢辄洗，洗用泥。脱衣结于腰，赤身低头，见人亦不避。抱儿惟一手，叉置腰间，即藉以曳襟。

【注释】

①比来：等我们到来。

②钤（qián）记：地方长官签署的印记。

③袴：通“裤”。

【原文】

东苑在崎山，出欢会门，折而北。逐瑞泉下流，至龙渊桥，汇而为池，广可十丈，长可数十丈，捍以堤[①]，曰“龙潭”。水清鱼可数，荷叶半倒。再折而东，有小村，篠屏[②]修整，松盖阴翳，薄云补林，微风啸竹，园外已极幽趣。入门，板亭二，南向。更进而南，屋三楹，亭东有阜如覆盂。折而南，有岩西向，上镌梵字。下蹲石狮一，饰以五彩。再下，有小方池，凿石为龙首，泉从口出。有金鱼池，前竹万竿，后松百挺。再东，为望仙阁。前有“东苑阁”，后为“能仁堂”，东北望海，西南望山。国中形胜，此为第一。

南苑之胜，亦不减于东苑。苑中马富盛。折而东，循行阡陌间，水田漠漠，番薯油油，绝无秋景。薯有新种者，问知已三收矣。再入山，松阴夹道，茅屋参差，田家之景可画。计十余里，始入苑村，名姑场川，即“同乐苑”也。苑踞山脊，轩五楹，夹室为复阁，颇曲折。轩前有池，新凿，狭而东西长，叠礁为桥。桥南新阜累累，因阜以为亭，宜远眺。亭东植奇花异卉，有花绝类蝴蝶，绛红色，叶如嫩槐，曰“蝴蝶花”。有松叶如白毛，曰“白发松”。池东，旧有亭圯[3]，以布代之。池西有阁，颇轩敞，四面风来，宜纳凉。有阁曰“迎晖”，有亭曰“一览”，即正、副使所题也。轩北有松，有凤蕉，有桃，有柳。黄昏举烟火，略同中国。

【注释】

①捍以堤：修筑堤防以捍卫。

②篠（xiǎo）屏：一排一排的细竹。

③亭圯（yí）：亭子和桥。圯，桥。

【原文】

余偕寄尘游波上。板阁无他神，惟挂铜片幡，上凿“奉寄御币”字，后署云“元和二年壬戌”。或疑为唐时物，非也。按元和二年为丁亥，非壬戌也。日本马场信武撰《八卦通变指南》，内列“三元指掌”，云：“上元起永禄七年甲子，止元和三年癸亥，如元起宽永元年甲子，止元和三年癸亥；下元起贞亨元年甲子。今元禄十六年癸未。”国中既行宽永钱，证以元和日本僭号[1]，知琉球旧曾奉日本正朔[2]，今讳言之欤。

纸鸢[3]制无精巧者，儿童多立屋上放之。按中国多放于清明前，义取张口仰视，宣导阳气，令儿少疾。今放于九月，以非九月纸鸢不能上，则风力与中国异。即此可验球阳气暖，故能十月种稻。

国俗男欲为僧者，听。既受戒，有廪给。有犯戒者，饬令[4]还俗，放之别岛。女子愿为土妓者，亦听。接交外客，女之兄弟仍与外客叙亲往来，然率皆贫民，故不以为耻。若已嫁夫而复敢犯奸者，许女之父兄自杀之，不以告王。即告王，王亦不赦。此国中良贱之大防，所以重廉耻也。

此邦有红衣妓，与之言不解。按拍清歌，皆方言也。然风韵亦正有佳者，殆不减憨园。近忽因事他迁，以扇索诗，因题二诗以赠之。诗云：

芳龄二八最风流，楚楚腰身剪剪眸。
手抱琵琶浑不语，似曾相识在苏州。

新愁旧恨感千端，再见真如隔世难。
可惜今宵好明月，与谁共卷绣帘看？

【注释】

①僭（jiàn）号：臣属冒用超越自身定制的封号。

②正朔：历法。一年之始为正，一月之始为朔。

③纸鸢（yuān）：风筝。

④饬令：告诫，勒令。

【原文】

国人率恭谨，有所受，必高举为礼。有所敬，则俯身搓手而后膜拜。劝尊者酒，酌而置杯于指尖以为敬，平等则置手心。

此邦屋俱不高，瓦必瓯，以避飓也。地板必去地三尺，以避湿也。屋脊四出，如八角亭。四面接修，更无重构复室，以省材也。屋无门户，上限刻双沟，设方格，糊以纸，左右推移，更不设暗闩[①]，利省便，恃无盗也，临街则设矣。神龛置青石于炉，实以砂，祀祖神也。国以石为神，无传真也。瓦上瓦狮，《隋书》所谓“兽头骨角”也。壁无粉墁[②]，示朴也。贵家间有糊研粉花笺，习华风，渐奢也。

龟山有峰独出，与众山绝。前附小峰，离约二丈许。邦人驾石为洞，连二山，高十丈余，结布幔于洞东。不憩，拾级而登，行洞上。又十余级，乃陟巅。巅恰容一楼，楼无名，四面轩豁，无户牖。副使谓余曰：“兹楼俯中山之全势，不可无名。”因名之曰“蜀楼”，并为之跋曰：“蜀者何？独也。楼何以蜀名？以其踞独山也。”不曰独而曰蜀者，以副使为蜀人。楼构已百年，而副使乃名之，若有待也。楼左瞰青畴[③]，右扶苍石，后临大海，前揖中山，坐其中以望，若建瓴焉。余又请于副使曰：“额不可无联。”副使因书前四语付之。归路，循海而西，崖洞溪壑，皆奇峭，是又一胜游矣。

【注释】

①闩（shuān）：横插在门后使门推不开的棍子。

②粉墁：粉刷过的墙壁。

③青畴：绿色的田野。

【原文】

越南山，度丝满村，人家皆面海，奇石林立。遵海而西，有山，翠色攒空，石骨穿海，曰砂岳。时午潮初退，白石粼粼，群马争驰，飞溅如雨。再西，度大岭村，丛棘为篱，渔网数百晒其上。村外水田漠漠，泥淖陷马，有牛放于冈。汪《录》谓马耕无牛，今不尽然也。

本岛能中山语者，给黄帽，为酋长。岁遣亲云上监抚之，名奉行官，主其赋讼，各赋其土之宜[①]，以贡于王。间切者，外府之谓。首里、泊、久米、那霸四府为王畿[②]，故不设。此外皆设，职在亲民，察其村之利弊，而报于亲云上。间切，略如中国知府。中山属府十四，间切十，山南省属府十二，山北省属府九，间切如其府数。

【注释】

①各赋其土之宜：各自交纳自己土地里产的东西。

②王畿（jī）：帝王的都城。

【原文】

国俗自八月初十至十五日，并蒸米，拌赤小豆，为饭相饷，以祭月，风同中国。是夜，正、副使邀从客露饮。月光澄水，天色拖蓝，风寂动息，潮声杂丝肉声，自远而至。恍置身三山[①]，听子晋[②]吹笙，麻姑[③]度曲，万缘俱静矣。宇宙之大，同此一月。回忆昔日萧爽楼中，良宵美景，轻轻放过，今则天各一方，能无对月而兴怀乎？

世传八月十八日，为潮生辰。国俗，于是夜候潮坡上。子刻，偕寄尘至波上，草如碧毯，沾露愈滑，扶仆行，凭垣倚石而坐。丑刻，潮始至，若云峰万叠，卷海飞来。须臾，腥气大盛，水怪抟风，金蛇掣电，天柱欲折，地轴暗摇，雪浪溅衣，直高百尺，未敢遽窥鲛宫，已若有推而起之者。迷离惝恍，千态万状。观此，乃知枚乘《七发》犹形容未尽也。潮既退，始闻噌吰[④]之声出礁石间。徐步至护国寺，尚似有雷霆震耳。潮至此，观止矣。

元旦至六日，贺节。初五日，迎灶。二月，祭麦神。十二日，浚井，汲新水，俗谓之洗百病。三月三日，作艾糕。五月五日，竞渡。六月六日，国中作六月节，家家蒸糯米，为饭相饷。十二月八日，作糯米糕，层裹棕叶，蒸以相饷，名曰鬼饼。二十四日，送灶。正、三、五、九为吉月，妇女率游海畔，拜水神祈福。逢朔日，群汲新水献神。此其略也。余独疑国俗敬佛，而不知四月八日为佛诞辰。腊八鬼饼如角黍⑤，而不知七宝粥。

【注释】

①三山：即海上的“三神山”，古人认为是神仙居住的地方，格外神往，据说三座山分别名为方壶、蓬莱和瀛洲。

②子晋：即王子乔的字，神话人物，相传为周灵王太子，喜吹笙作凤凰鸣，被浮丘公引往嵩山修炼，后升仙。

③麻姑：道教神话人物，又称寿仙娘娘、虚寂冲应真人。据《神仙传》记载，她修道于牟州东南姑馀山（今山东莱州），东汉时应仙人王方平之召降于蔡经家，年十八九，貌美，自谓“已见东海三次变为桑田”，故古时以麻姑喻高寿。

④噌吰（chēng hóng）：形容钟鼓的声音。

⑤角黍：即粽子。

【原文】

国王送菊二十余盆，花叶并茂，根际皆以竹签标名。内三种尤异类：一名“金锦”，朵兼红、黄、白三色，小而繁，灿如列星；一名“重宝”，瓣如莲而小，色淡红；一名“素球”，瓣宽，不类菊，重叠千层，白如雪。皆所未见者，媵①之以诗，诗云：

陶篱韩圃②多秋色，未必当年有此花。
似汝幽姿真可惜，移根无路到中华。

见狮子舞，布为身，皮为头，丝为尾，剪彩如毛饰其外，头尾口眼皆活，镀睛贴齿。两人居其中，俯仰跳跃，相驯狎欢腾状。余曰："此近古乐矣。"按《旧唐书·音乐志》，后周武帝时，造太平乐，亦谓之五方狮子舞。白乐天《西凉伎》云："假面夷人弄狮子，刻木为头丝作尾。金镀眼睛银贴齿，奋迅毛衣罢双耳[③]。"即此舞也。

此邦有所谓"踏柁戏"者，横木以为梁，高四尺余，复置板而横之，长丈有二尺，虚其两端，均力焉。夷女二，结束衣彩，赤双足，各手一巾，对立相视而歌。歌未竟，跃立两端。稍作低昂，势若水碓[④]之起伏，渐起渐高。东者陡落而激之，则西飞起三丈余，翩翩若轻燕之舞于空也。西者落而陡激之，则东者复起，又如鸷鸟之直上青云也。叠相起伏，愈激愈疾，几若山鸡舞镜，不复辨其孰为影，孰为形焉。俄焉，势渐衰，机渐缓，板末乃安，齐跃而下，整衣而立。终戏，无虚蹈方寸者，技至此绝矣。

【注释】

①媵（yìng）：赠送。

②陶篱韩圃：陶渊明的菊园和韩湘子的花园。

③罢双耳：低垂双耳。罢，通"疲"。

④水碓（duì）：又称水捣器、翻车碓、斗碓，旧时一种借水力舂米的工具，流行于中国多数地区。

【原文】

接送宾客颇真率，无揖让之烦。客至不迎，随意坐。主人即具烟架、火炉、竹筒、木匣各一，横烟管其上，匣以烟，筒以弃灰也。遇所敬客，乃烹茶。以细末粉少许，杂茶末，入沸水半瓯[①]，搅以小竹帚，以沫满瓯面为度。客去，亦不送。贵官劝客，常以箸蘸浆少许，纳客唇以为敬。烧酒着黄糖[②]则名福，着白糖则名寿，亦劝客之一贵品也。

重阳具龙舟，竞渡于龙潭。琉球亦于五月竞渡，重阳之戏，专为宴天使而设。因成三诗以志之，诗云：

故园辜负菊花黄，万里迢迢在异乡。
舟泛龙潭看竞渡，重阳错认作端阳。

去年秋在洞庭湾，亲摘黄花插翠鬟。
今日登高来海外，累伊独上望夫山。

待将风信泛归槎，犹及初冬好到家。
已误霜前开菊宴，还期雪里访梅花。

【注释】

①瓯：一种古代瓦器，外形特征与小盆、小碗、小盂、茶盏等器物相似。

②黄糖：即红糖。

【原文】

闻程顺则曾于津门购得宋朱文公[①]墨迹十四字，今其后裔犹宝之。借观不得，因至其家。开卷，见笔势森严，如奇峰怪石，有岩岩不可犯之色，想见当日道学气象。字径八寸以上，文曰："香飞翰苑围川野，春报南桥叠萃新。"后有名款，无岁月。文公墨迹流传世间者，莫不宝而藏之。盖其所就者大，笔墨乃其余事，而能自成一家言如此。知古人学力，无所不至也。

又游蔡清派家祠。祠内供蔡君谟[②]画像，并出君谟墨迹见示，知为君谟的派[③]，由明初至琉球，为三十六姓之一。清派能汉语，人亦倜傥。由祠至其家，花木俱有清致，池圆如月，

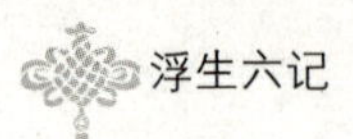

为额其室曰“月波大屋。”

大抵球人工剪剔树木，叠砌假山，故士大夫家率有丘壑以供游览。庭中树长竿，上置小木舟，长二尺，桅舵帆橹皆备。首尾风轮五叶，挂色旗以候风。渡海之家，率预计归期。南风至，则合家欢喜，谓行人当归，归则撤之，即古五两旗[4]遗意。

【注释】

①朱文公：即朱熹，谥号文公。

②蔡君谟（mó）：蔡襄（1012—1067），字君谟，号莆阳居士，逝号忠惠，北宋福建路兴化军仙游县（今福建省仙游县）人，政治家、书法家和茶学专家，著有《茶录》《荔枝谱》等书。

③的派：即嫡派。

④五两旗：即风旗，古人根据旗子的飘动来测风向、风速。

【原文】

国王有墨长五寸，宽二寸。有老坑端砚，长一尺，宽六寸，有“永乐四年[1]”字。砚背有“七年四月东坡居士留赠潘邠老”字。问知为前明受赐物。国中有东坡诗集，知王不但宝其砚矣。

棉纸、清纸，皆以谷皮为之，恶不中书者。有护书纸，大者佳，高可三尺许，阔二尺，白如玉；小者减其半。亦有印花诗笺，可作札。别有围屏纸，则糊壁用矣。徐葆光《球纸》诗云：“冷金[2]入手白于练，侧理海涛凝一片。昆刀截截径尺方，叠雪千层无幂面。”形容殆尽。

南炮台间，有碑二：一正书，剥蚀甚微，“奉书造”三字；一其国学书。前朝嘉靖二十一年[3]建，惟不能尽识。其笔力正自遒劲飞舞。

有木曰山米，又名野麻姑，叶可染，子如女贞[4]，味酸，土人榨以为醋。球醋纯白，不甚酸，供者以为米醋，味不类，或即此果所榨欤？

【注释】

①永乐四年：公元1406年。永乐，明成祖朱棣年号。

②冷金：一种琉球生产的纸，带白色泥金或洒金。

③嘉靖二十一年：公元1542年。嘉靖，明朝第十一位皇帝明世宗朱厚熜的年号。

④女贞：冬青树。

【原文】

席地坐，以东为上，设毡。食皆小盘，方盈尺，着两板为脚，高八寸许。肴凡四进，各盘贮而不相共。三进皆附以饭，至四肴乃进酒二，不过三巡。每进肴止一盘，必撤前肴而后进其次肴。肴饭用油煎面果，次肴饭用炒米花，三肴用饭。每供肴酒，主人必亲手高举，置客前，俯身搓手而退。终席，主人不陪，以为至敬。此球人宴会尊客之礼，平等乃对饮。大要球俗，席皆坐地，无椅桌之用，食具如古俎豆[1]，肴尽干制，无所用勺。虽贵官家食，不过一肴、一饭、一箸，箸多削新柳为之。即妻子不同食，犹有古人之遗风焉。

使院敷命堂后，旧有二榜。一书前明册使姓名：洪武五年[2]，封中山王察度，使行人汤载；永乐二年[3]，封武宁，使行人时中；洪熙元年[4]，封巴志，使中官柴山；正统七年[5]，封尚忠，使给事中俞忭，行人刘逊；十三年，封尚思达，使给事中陈传，行人万祥；景泰二年[6]，封尚景福，使给事中乔毅，行人童守宏；六年，封尚泰久，使给事中严诚，行人刘俭；天顺六年[⑦]，封尚德，使吏科给事中潘荣，行人蔡哲；成化六年[⑧]，封尚圆，使兵科给事中官荣，行人韩文；十三年，封尚真，使兵科给事中董旻，行人司司副张祥；嘉靖七年[⑨]，封尚清，使吏科给事中陈侃，行人高澄；四十一年，封尚元，使吏科左给事中郭汝霖，行人李际春；万历四年[⑩]，封尚永，使户科左给事中萧崇业，行人谢杰；二十九年，封尚宁，使兵科右给事中夏子阳，行人王士正；崇祯元年[⑪]，封尚丰，使户科左给事中杜三策，行人司司正杨伦。凡十五次，二十七人，柴山以前，无副也。

一书本朝册使姓名：康熙二年[⑫]，封尚质，使兵科副理官张学礼，行人王垓；二十一年，封尚贞，使翰林院检讨汪楫，内阁中书舍人林麟焻；五十八年，封尚敬，使翰林院检讨海宝，翰林院编修徐葆光；乾隆二十一年[⑬]，封尚穆，使翰林院侍讲全魁，翰林院编修周煌。凡四次，共八人。

【注释】

①俎豆：俎和豆是古代祭祀、宴飨时盛食物用的两种礼器，后亦泛指各种礼器。

②洪武五年：公元1372年。

③永乐二年：公元1404年。

④洪熙元年：公元1425年。洪熙，明朝第四位皇帝明仁宗朱高炽的年号。

⑤正统七年：公元1442年。正统，明朝第六位皇帝明英宗朱祁镇的年号。

⑥景泰二年：公元1451年。景泰，明朝第七位皇帝明代宗朱祁钰的年号

⑦天顺六年：公元1462年。天顺，明朝第六位皇帝明英宗朱祁

镇经夺门之变后二次登基后的年号。

⑧成化六年：公元1470年。成化，明朝第八位皇帝明宪宗朱见深的年号。

⑨嘉靖七年：公元1528年。嘉靖，明朝第十一位皇帝明世宗朱厚熜的年号。

⑩万历四年：公元1576年。万历，明朝第十三位皇帝明神宗朱翊钧的年号。

⑪崇祯元年：公元1628年。崇祯，明朝最后一位皇帝明思宗朱由检的年号。

⑫康熙二年：公元1663年。

⑬乾隆二十一年：公元1756年。

【原文】

清明后，南风为常。霜降后，南北风为常，反是飓飑将作。正、二、三、月多飓，五、六、七、八月多飑，飓骤发而倏止，飑渐作而多日。九月，风或连月，俗称九降风，间有飑起，亦骤如飓。遇飓犹可，遇飑难当。十月后多北风，飓飑无定期，舟人视风隙以来往。凡飓将至，天色有黑点，急收帆，严舵以待，迟则不及，或至倾覆。飑将至，天边断虹若片帆，曰破帆。稍及半天如鲎[①]尾，曰“屈鲎”。若见北方尤虐。又海面骤变，多秽如米糠，及海蛇浮游，或红蜻蜓飞绕，皆飓风征。

自来球阳，忽已半年，东风不来，欲归无计。十月二十五日，乃始扬帆返国。至二十九日，见温州南杞山。少顷，见北杞山，有船数十只泊焉。舟人皆喜，以为此必迎护船也。守备登后艄以望，惊报曰：“泊者贼船也。”又报：“贼船皆扬帆矣。”未几，贼船十六只吆喝而来。我船从舵门放子母炮，立毙四人，击喝者堕海，贼退。枪并发，又毙六人；复以炮击之，毙五人。稍进，又击之，复毙四人，乃退去。其时，贼船已占上风，暗移子母炮至舵右舷边，连毙贼十二人，焚其头篷[②]，皆转舵而退。中有二船较大，复鼓噪，由上风飞至。大炮准对贼船，即施放，一发中其贼首，烟迷里许。既散，则贼船已尽退。是役也，枪炮俱无虚发，幸免于危。

【注释】

①鲎（hòu）：一种海生节肢动物，形似蟹，身体呈青褐色或暗褐色，包被硬质甲壳，有四只眼睛，其中两只是复眼。它与三叶虫一样古老，最早的鲎化石见于奥陶纪（5.05亿～4.38亿年前），形态与现代鲎相似的鲎化石出现于侏罗纪（2.08亿～1.44亿年前）。

②头篷：领头船的船帆。

【原文】

不一时，北风又至，浪飞过船。梦中闻舟人哗曰："到官塘矣。"惊起。从客皆一夜不眠，语余曰："险至此，汝尚能睡耶？"余问其状，曰："每侧则篷皆卧水，一浪盖船，则船身入水，惟闻瀑布声，垂流不息。其不覆者，幸耶！"余笑应之曰："设覆[①]，君等能免乎？余入黑甜乡[②]，未曾目击其险，岂非幸乎？"盥后，登战台视之，前后十余灶皆没，船面无一物，爨火断矣。舟人指曰："前即定海，可无虑矣。"申刻，乃得泊，船户登岸购米薪，乃得食。

是夜修家书，以慰芸之悬系，而归心益切。犹忆昔年，芸尝谓余："布衣菜饭，可乐终身，不必作远游。"此番航海，虽奇而险，濒危幸免，始有味乎芸之言也。

【注释】

①设覆：假设船翻了。

②黑甜乡：梦乡。

卷六　养生记道

【题解】

与卷五相比，这一卷的破绽更为明显，不仅风格与前四卷差异极大，甚至有几段文字使用了现代语体，显然是出自现代人之手。据考证，本卷主要改编自两本书，一本是张英的《聪训斋语》，一本是曾国藩日记《求阙斋日记类钞》。除此之外，还把许多古代养生诗歌和名人名言汇集起来，以至于让人觉得它是古代养生名言汇编。不过，这些内容都是古人养生精华，学以致用也不无裨益。

【原文】

自芸娘之逝，戚戚无欢。春朝秋夕，登山临水，极目伤心，非悲则恨。读《坎坷记愁》，而余所遭之拂逆可知也。

静念解脱之法，行将辞家远出，求赤松子于世外。嗣以淡安、揖山两昆季之劝，遂乃栖身苦庵，惟以《南华经》自遣。乃知蒙庄[①]鼓盆而歌，岂真忘情哉？无可奈何，而翻作达[②]耳。余读其书，渐有所悟。读《养生主》而悟达观之士，无时而不安，无处而不顺，冥然与造化为一。将何得而何失，孰死而孰生耶？故任其所受，而哀乐无所错其间矣。又读《逍遥游》，而悟养生之要，惟在闲放不拘，怡适自得而已。始悔前此之一段痴情，得勿作茧自缚矣乎。此《养生记道》之所为作也。亦或采前贤之说以自广[③]，扫除种种烦恼，惟以有益身心为主，即蒙庄之旨也。庶几可以全生，可以尽年。

【注释】

①蒙庄：即庄周，因他是宋国蒙人，又做过蒙漆园吏，故称。

②翻作达：翻过头转为达观。

③自广：自我推广。

【原文】

余年才四十，渐呈衰象。盖以百忧摧憾，历年郁抑，不无闷损。淡安劝余每日静坐数息，仿子瞻[①]《养生颂》之法，余将遵而行之。

调息之法，不拘时候，兀身端坐，子瞻所谓摄身使如木偶也。解衣缓带，务令适然。口中舌搅数次，微微吐出浊气，不令有声，鼻中微微纳之。或三五遍，二七遍，有津咽下，叩齿数通。舌抵上腭，唇齿相着，两目垂帘，令胧胧然[②]渐次调息，不喘不粗。或数息出，或数息入，从一至十，从十至百，摄心在数，勿令散乱。子瞻所谓“寂然，兀然，与虚空等也”。如心息相依，杂念不生，则止勿数，任其自然。子瞻所谓“随”也。坐久愈妙，若欲起身，须徐徐舒放手足，勿得遽起。能勤行之，静中光景，种种奇特。子瞻所谓“定能生慧”。自然明悟，譬如盲人忽然有眼也。直可明心见性，不但养身全生而已。出入绵绵，若存若亡，神气相依，是为真息。

息息归根，自能夺天地之造化，长生不死之妙道也。

【注释】

①子瞻：即北宋文学家苏轼，子瞻是他的字。

②胧胧然：朦胧的样子。

【原文】

人大言，我小语。人多烦，我少记。人悸怖，我不怒。澹然无为，神气自满。此长生之药。《秋声赋》[①]云："奈何思其力之所不及，忧其智之所不能。宜其渥然丹者为槁木，黟然黑者为星星[②]。"此士大夫通患也。又曰："百忧感其心，万事劳其形。有动乎中，必摇其精。"人常有多忧多思之患，方壮遽老，方老遽衰。反此亦长生之法。舞衫歌扇，转眼皆非；红粉青楼，当场即幻。秉灵烛以照迷情，持慧剑以割爱欲，殆非大勇不能也。

然情必有所寄，不如寄其情于卉木，不如寄其情于书画。与对艳妆美人何异？可省却许多烦恼。

范文正[③]有云："千古圣贤，不能免生死，不能管后事。一身从无中来，却归无中去。谁是亲疏？谁能主宰？既无奈何，即放心逍遥，任委来往。如此断了，即心气渐顺，五脏亦和，药方有效，食方有味也。只如安乐人，勿有忧事。便吃食不下，何况久病，更忧身死，更忧身后，乃在大怖中，饮食安可得下？请宽心将息"云云，乃劝其中舍三哥之帖。余近日多忧多虑，正宜读此一段。

【注释】

①《秋声赋》：宋代文学家欧阳修的名篇，主要描写秋天的景色。

②宜其渥然丹者为槁木，黟（yī）然黑者为星星：那红润满面的容貌变得像枯木一样，乌黑发亮的头发中出现星星点点的白发，是理所当然的啊！渥然，色泽红润的样子。黟然，乌黑的样子。

③范文正：范仲淹，死后谥号文正。

【原文】

放翁[1]胸次广大，盖与渊明、乐天、尧夫[2]、子瞻等，同其旷逸。其于养生之道，千言万语，真可谓有道之士。此后当玩索陆诗，正可疗余之病。

淴浴[3]极有益。余近制一大盆，盛水极多。淴浴后，至为畅适。东坡诗所谓“淤槽漆斛江河倾，本来无垢洗更轻”，颇领略得一二。

治有病，不若治于无病。疗身，不若疗心。使人疗，尤不若先自疗也。林鉴堂诗曰：“自家心病自家知，起念还当把念医。只是心生心作病，心安那有病来时。”此之谓自疗之药。游心于虚静，结志于微妙，委虑于无欲，指归[4]于无为，故能达生延命，与道为久。

仙经[5]以精、气、神为内三宝，耳、目、口为外三宝。常令内三宝不逐物而流，外三宝不诱中而扰。重阳祖师于十二时中，行住坐卧，一切动中，要把心似泰山，不摇不动。谨守四门：眼、耳、鼻、口，不令内入外出，此名养寿紧要。外无劳形之事，内无思想之患，以恬愉为务，以自得为功，形体不敝，精神不散。

【注释】

①放翁：陆游，号放翁。

②尧夫：邵雍，字尧夫，宋代理学家。

③淴（hū）浴：即洗澡。

④指归：归宿，意向。

⑤仙经：泛指道教经典著作。

【原文】

益州老人尝言：“凡欲身之无病，必须先正其心。使其心不乱求，心不狂思，不贪嗜欲，不着迷惑，则心君[①]泰然矣。心君泰然，则百骸四体，虽有病，不难治疗。独此心一动，百患为招，即扁鹊、华佗在旁，亦无所措手矣。”

林鉴堂先生有《安心诗》六首，真长生之要诀也。诗云：

我有灵丹一小锭，能医四海群迷病。
些儿吞下体安然，管取延年兼接命。

安心心法有谁知，却把无形妙药医。
医得此心能不病，翻身跳入太虚时。

念杂由来业障多，憧憧[②]扰扰竟如何。
驱魔自有玄微诀，引入尧夫安乐窝。

人有二心方显念，念无二心始为人。
人心无二浑无念，念绝悠然见太清。

这也了时那也了，纷纷攘攘皆分晓。
云开万里见清光，明月一轮圆皎皎。

四海遨游养浩然，心连碧水水连天。
津头自有渔郎问，洞里桃花日日鲜。

【注释】

①心君：古人以官职来比喻人体的五脏六腑，心为君主之官，故称为“心君”。

②憧憧：心神不定的样子。

【原文】

禅师与余谈养心之法，谓："心如明镜，不可以尘之也。又如止水，不可以波之也。"此与晦庵[①]所言"学者，常要提醒此心，惺惺不寐，如日中天，群邪自息。"其旨正同。又言"目毋妄视，耳毋妄听，口毋妄言，心毋妄动，贪嗔痴爱，是非人我，一切放下。未事不可先迎，遇事不宜过扰，既事不可留住。听其自来，应以自然，信其自去。忿懥[②]恐惧，好乐忧患，皆得其正。"此养心之要也。

王华子曰："斋者，齐也。齐其心而洁其体也，岂仅茹素而已。所谓齐其心者，澹志寡营，轻得失，勤内省，远荤酒。洁其体者，不履邪径，不视恶色，不听淫声，不为物诱。入室闭户，烧香静坐，方可谓之斋也。诚能如是，则身中之神明自安，升降不碍，可以却病，可以长生。"

【注释】

①晦庵：朱熹，号晦庵。

②忿懥（zhì）：愤怒。

【原文】

余所居室，四边皆窗户，遇风即阖，风息即开。余所居室，前帘后屏，太明即下帘，以和其内映；太暗则卷帘，以通其外耀。内以安心，外以安目，心目俱安，则身安矣。

禅师称二语告我曰："未死先学死，有生即杀生。"有生，谓妄念初生。杀生，谓立予铲除也。此与孟子勿忘勿助之功相通。

孙真人[①]《卫生歌》云：

卫生切要知三戒，大怒大欲并大醉。

三者若还有一焉，须防损失真元气。

又云：

世人欲知卫生道，喜乐有常嗔怒少。

心诚意正思虑除，理顺修身去烦恼。

又云：

醉后强饮饱强食，未有此生不成疾。

入资饮食以养身，去其甚者自安适。

又蔡西山《卫生歌》云：

何必餐霞[②]饵大药，妄意延龄等龟鹤。

但于饮食嗜欲间，去其甚者将安乐。

食后徐行百步多，两手摩胁并胸腹。

又云：

醉眠饱卧俱无益，渴饮饥餐尤戒多。

食不欲粗并欲速，宁可少餐相接续。

若教一顿饱充肠，损气伤脾非尔福。

又云：

饮酒莫教令大醉，大醉伤神损心志。

酒渴饮水并啜茶，腰脚自兹成重坠。

又云：

视听行坐不可久，五劳七伤从此有。

四肢亦欲得小劳，譬如户枢终不朽。

又云：

道家更有颐生旨，第一戒人少嗔恚[③]。

凡此数言，果能遵行，功臻旦夕，勿谓老生常谈也。

【注释】

①孙真人：即药王孙思邈，他本是唐代医学家，宋徽宗曾追封其为妙应真人，故后人称其为“孙真人”。

②餐霞：以日霞为食，道家修炼的一种方法。

③嗔恚：生气。

【原文】

洁一室，开南牖，八窗通明。勿多陈列玩器，引乱心目。设广榻、长几各一，笔砚楚楚，旁设小几一。挂字画一幅，频换。几上置得意书一二部，古帖一本，古琴一张。心目间常要一尘不染。

晨入园林，种植蔬果，芟草，灌花，莳药[①]。归来入室，闭目定神。时读快书，怡悦神气；时吟好诗，畅发幽情。临古帖，抚古琴，倦即止。知己聚谈，勿及时事，勿及权势，勿臧否人物，勿争辩是非。或约闲行，不衫不履，勿以劳苦徇[②]礼节。小饮勿醉，陶然而已。诚能如是，亦堪乐志。以视夫蹙足入绊，伸脰就羁[③]，游卿相之门，有簪佩之累，岂不霄壤之悬哉？

【注释】

①莳（shì）药：种药。

②徇：通“殉”，作牺牲。

③伸脰（dòu）就羁：伸出脖子让人绑缚。脰，脖子。

【原文】

太极拳非他种拳术可及。“太极”二字，已完全包括此种拳术之意义。太极，乃一圆圈。太极拳即由无数圆圈联贯而成之一种拳术。无论一举手，一投足，皆不能离此圆圈。离此圆圈，便违太极拳之原理。四肢百骸不动则已，动则皆不能离此圆圈，处处成圆，随虚随实。练习以前，先须存神纳气，静坐数刻。并非道家之守窍也，只须屏绝思虑，务使万缘俱静。以缓慢为原则，以毫不使力为要义，自首至尾，联绵不断。相传为辽阳张通[①]，于洪武初奉召入都，路阻武当，夜梦异人，授以此种拳术。余近年从事练习，果觉身体较健，寒暑不侵。用以卫生，诚有益而无损者也。

省多言，省笔札，省交游，省妄想，所一息不可省者，居敬[②]养心耳。

杨廉夫[③]有《路逢三叟》词云：

上叟前致词，大道抱天全。

中叟前致词，寒暑每节宣。

下叟前致词，百年半单眠。

尝见后山[④]诗中一词，亦此意。盖出应璩[⑤]，璩诗曰：

昔有行道人，陌上见三叟。

年各百岁余，相与锄禾麦。

往前问三叟，何以得此寿？

上叟前致词，室内姬粗丑。

二叟前致词，量腹节所受。

下叟前致词，夜卧不覆首。

要哉三叟言，所以能长久。

【注释】

①张通：元末明初人，字均实，善于诗画。

②居敬：持身恭敬。典出《论语·子路》："居处恭，执事敬，与人忠。"

③杨廉夫：杨维桢（1296—1370），元末明初著名诗人、文学家、书画家和戏曲家，字廉夫，号铁崖、铁笛道人，会稽（浙江诸

暨）枫桥全堂人，与陆居仁、钱惟善合称为“元末三高士”。

④后山：陈师道（1053—1102），北宋官员、诗人，字履常，号后山居士。

⑤应璩（qú）：三国时曹魏文学家，字休琏，汝南南顿（今河南项城）人，博学好作文，善于书记。

【原文】

古人云：“比上不足，比下有馀。”此最是寻乐妙法也。将啼饥者比，则得饱自乐；将号寒者比，则得暖自乐；将劳役者比，则优闲自乐；将疾病者比，则康健自乐；将祸患者比，则平安自乐；将死亡者比，则生存自乐。

白乐天诗有云：

蜗牛角内争何事，石火[①]光中寄此身。

随富随贫且欢喜，不开口笑是痴人。

近人诗有云：

人生世间一大梦，梦里胡为苦认真？

梦短梦长俱是梦，忽然一觉梦何存！

与乐天同一旷达也！

“世事茫茫，光阴有限，算来何必奔忙？人生碌碌，竞短论长，却不道荣枯有数，得失难量。看那秋风金谷[②]，夜月乌江，阿房宫冷，铜雀台荒。荣华花上露，富贵草头霜。机关参透，万虑皆忘。夸什么龙楼凤阁，说什么利锁名缰。闲来静处，且将诗酒猖狂。唱一曲归来未晚，歌一调湖海茫茫。逢时遇景，拾翠寻芳。约几个知心密友，到野外溪旁，或琴棋适性，或曲水流觞[③]；或说些善因果报，或论些今古兴亡。看花枝堆锦绣，听鸟语弄笙簧。一任他人情反复，世态炎凉，优游闲岁月，潇洒度时光。”

此不知为谁氏所作，读之而若大梦之得醒，热火世界一帖清凉散也。

【注释】

①石火：石头碰撞发出的火光，转瞬即逝，形容时间短暂。

②金谷：金谷园，为晋代豪富石崇所建，极尽奢华之能事。

③曲水流觞：古代民间流传的一种游戏，夏历的三月上巳日人们举行袚禊仪式之后，大家坐在河渠两旁，在上流放置酒杯，酒杯顺流而下，停在谁的面前，谁就取杯饮酒。

【原文】

程明道[①]先生曰："吾受气甚薄，因厚为保生。至三十而浸盛，四十五十而浸盛[②]，四十五十而后完。今生七十二年矣，较其筋骨，于盛年无损也。若人待老而保生，是犹贫而后蓄积，虽勤亦无补矣。"

口中言少，心头事少，肚里食少。有此三少，神仙可到。

酒宜节饮，忿宜速惩，欲宜力制。依此三宜，疾病自稀。

病有十可却：静坐观空，觉四大[③]原从假合，一也；烦恼现前，以死譬之，二也；常将不如我者，巧自宽解，三也；造物劳我以生，遇病少闲，反生庆幸，四也；宿孽现逢，不可逃避，欢喜领受，五也；家庭和睦，无交谪之言，六也；众生各有病根，常自观察克治，七也；风寒谨访，嗜欲淡薄，八也；饮食宁节毋多，起居务适毋强，九也；觅高朋亲友，讲开怀出世之谈，十也。

邵康节[④]居安乐窝中，自吟曰：

老年肢体索温存，安乐窝中别有春。

万事去心闲偃仰，四肢由我任舒伸。

炎天傍竹凉铺簟，寒雪围炉软布裀。

昼数落花聆鸟语，夜邀明月操琴音。
食防难化常思节，衣必宜温莫懒增。
谁道山翁拙于用，也能康济自家身。

【注释】

①程明道：程颢（1032—1085），字伯淳，学者称明道先生。世居中山，后从开封徙河南（今河南洛阳），北宋哲学家、教育家、诗人和理学的奠基者。

②浸盛：精力充沛。

③四大：四大范围很广，《道德经》第二十五章中有："故道大，天大，地大，人亦大。域内有四大，而人居其一焉。人法地，地法天，天法道，道法自然。"佛教谓地、水、火、风四种物体均能保持各自的形态，不相紊乱。亦名四大种。

④邵康节：即邵雍（1011—1077），字尧夫，死后谥号康节。

【原文】

养生之道，只"清净明了"四字。内觉身心空，外觉万物空，破诸妄想，一无执着，是曰"清净明了"。

万病之毒，皆生于浓。浓于声色，生虚怯病；浓于货利，生贪饕①病；浓于功业，生造作病；浓于名誉，生矫激病。噫，浓之为毒甚矣。樊尚默②先生以一味药解之，曰"淡"。云白山青，川行石立，花迎鸟笑，谷答樵讴，万境自闲，人心自闹。

岁暮访淡安，见其凝尘满室，泊然处之。叹曰："所居，必洒扫涓洁，虚室以居，尘嚣不杂。斋前杂树花木，时观万物生意。深夜独坐，或启扉以漏月光，至昧爽③，但觉天地万物，清气自远而届，此心与相流通，更无窒碍。今室中芜秽不治，弗以累心，但恐于神爽未必有助也。"

余年来静坐枯庵，迅扫夙习。或浩歌长林，或孤啸幽谷，或弄艇投竿于溪涯湖曲，捐耳目，去心智，久之似有所得。陈白沙[④]曰："不累于外物，不累于耳目，不累于造次颠沛。鸢飞鱼跃，其机在我。"知此者谓之善学，抑亦养寿之真诀也。

【注释】

①贪饕（tāo）：指贪得无厌。

②樊尚默：樊良枢，字尚默，江西进贤人，万历三十二年进士，历任仁和县令、云南提学副使等职。

③昧爽：拂晓。

④陈白沙：陈献章（1428—1500），明代思想家、教育家、书法家、诗人，主张学贵知疑、独立思考，提倡较为自由开放的学风，逐渐形成一个有自己特点的学派，史称江门学派。字公甫，号石斋，别号碧玉老人、玉台居士、江门渔父、南海樵夫、黄云老人等，因曾在白沙村居住，人称白沙先生、陈白沙。

【原文】

圣贤皆无不乐之理。孔子曰："乐在其中。"颜子曰："不改其乐。"孟子以"不愧，不怍"为乐。《论语》开首说乐，《中庸》言"无入而不自得"。程、朱教寻孔颜乐趣，皆是此意。圣贤之乐，余何敢望，窃欲仿白傅[①]之"有叟在中，白须飘然，妻孥熙熙，鸡犬闲闲"之乐云耳。

冬夏皆当以日出而起，于夏尤宜。天地清旭之气，最为爽神，失之甚为可惜。余居山寺之中，暑月日出则起，收水草清香之味。莲方敛而未开，竹含露而犹滴，可谓至快。日长漏永，午睡数刻，焚香垂幕，净展桃笙[②]，睡足而起，神清气爽。真不啻天际真人也。

乐即是苦，苦即是乐。带些不足，安知非福？举家事事如意，一身件件自在，热光景即是冷消息。圣贤不能免厄，仙佛不能免劫，厄以铸圣贤，劫以炼仙佛也。

牛喘月，雁随阳，总成忙世界；蜂采香，蝇逐臭，同是苦生涯。劳生扰扰，惟利惟名。牿旦昼[3]，蹶寒暑，促生死，皆此两字误之。以名为炭而灼心，心之液涸矣；以利为虿而螫心，心之神损矣。今欲安心而却病，非将名利两字，涤除净尽不可。

【注释】

①白傅：即唐代诗人白居易，因白居易曾任太子少傅，故称。

②桃笙：竹名，节高而皮软，常用于织席，此处代指竹席。

③牿（gù）旦昼：从早到晚被束缚。牿，养牛马的圈栏，这里引申为束缚。

【原文】

余读柴桑翁[1]《闲情赋》，而叹其钟情；读《归去来辞》，而叹其忘情；读《五柳先生传》，而叹其非有情、非无情，钟之忘之，而妙焉者也。余友淡公，最慕柴桑翁，书不求解而能解，酒不期醉而能醉。且语余曰："诗何必五言？官何必五斗？子何必五男？宅何必五柳？"可谓逸矣。余梦中有句云："五百年谪在红尘，略成游戏；三千里击开沧海，便是逍遥。"醒而述诸琢堂，琢堂以为飘逸可诵，然而谁能会此意乎？

真定梁公[2]每语人：每晚家居，必寻可喜笑之事，与客纵谈，掀髯大笑，以发舒一日劳顿郁结之气。此真得养生要诀也。

曾有乡人过百岁，余扣其术。答曰："余乡村人，无所知。但一生只是喜欢，从不知忧恼。"此岂名利中人所能哉？

昔王右军[3]云："吾笃嗜种果，此中有至乐存焉。我种之树，开一花，结一实，玩之偏爱，食之益甘。”右军可谓自得其乐矣。

放翁梦至仙馆，得诗云：“长廊下瞰碧莲沼，小阁正对青萝峰。”便以为极胜之景。余居禅房，颇擅此胜，可傲放翁矣。

【注释】

①柴桑翁：即东晋诗人陶渊明，因为他是柴桑人，故称。

②真定梁公：梁清标（1620—1691），明末清初著名藏书家、文学家，字玉立，一字苍岩，号棠村，一号蕉林，直隶真定（今河北省正定县）人，明崇祯十六年（1643）进士，清顺治元年（1644）补翰林院庶吉士，著有《蕉林诗集》《棠村词》等。

③王右军：即王羲之，因曾任右军将军，故世称“王右军”。

【原文】

余昔在球阳，日则步履于空潭、碧涧、长松、茂竹之侧，夕则挑灯读白香山、陆放翁之诗。焚香煮茶，延两君子于座，与之相对，如见其襟怀之澹宕[1]，几欲弃万事而从之游，亦愉悦身心之一助也。

余自四十五岁以后，讲求安心之法。方寸之地，空空洞洞，朗朗惺惺，凡喜怒哀乐、劳苦恐惧之事，决不令之入。譬如制为一城，将城门紧闭，时加防守，惟恐此数者阑入[2]。近来渐觉阑入之时少，主人居其中，乃有安适之象矣。

养身之道，一在慎嗜欲，一在慎饮食，一在慎忿怒，一在慎寒暑，一在慎思索，一在慎烦劳。有一于此，足以致病，安得不时时谨慎耶！

【注释】

①澹宕（dàn dàng）：舒畅，恬静。

②阑入：擅自闯入。

【原文】

张敦复[①]先生尝言："古人读《文选》而悟养生之理，得力于两句，曰：'石蕴玉而山辉，水含珠而川媚。'此真是至言。尝见兰蕙、芍药之蒂间，必有露珠一点，若此一点为蚁虫所食，则花萎矣。又见笋初出，当晓，则必有露珠数颗在其末，日出，则露复敛而归根，夕则复上。田闲[②]有诗云'夕看露颗上梢行'是也。若侵晓入园，笋上无露珠，则不成竹，遂取而食之。稻上亦有露，夕现而朝敛，人之元气全在乎此。故《文选》二语，不可不时时体察，得诀固不在多也。"

余之所居，仅可容膝，寒则温室拥杂花，暑则垂帘对高槐。所自适于天壤间者，止此耳。然退一步想，我所得于天者已多，因此心平气和，无歆羡，亦无怨尤。此余晚年自得之乐也。

【注释】

①张敦复：张英（1637—1708），字敦复，号乐圃，又号圃翁，安徽省桐城人，清朝大臣，张廷玉之父。康熙六年（1667）进士，选庶吉士，累官至文华殿大学士兼礼部尚书。

②田闲：钱澄之（1612—1693），初名秉镫，字饮光，晚号田闲、西顽道人。作为皖江文化的重要诗人，与同期的顾炎武、吴嘉纪并称江南三大遗民诗人，诗歌创作上取得了杰出成就。著有《田间集》《田间诗集》《田间文集》《藏山阁集》等。

【原文】

圃翁[①]曰："人心至灵至动，不可过劳，亦不可过逸，惟读书可以养之。"闲适无事之人，镇日不观书，则起居出入，身心无所栖泊，耳目无所安顿，势必心意颠倒，妄想生嗔，处逆境不乐，处顺境亦不乐也。古人有言："扫地焚香，清福已具。其有福者，佐以读书；其无福者，便生他想。"旨哉斯言。且从来拂意之事，自不读书者见之，似为我所独遭，极其难堪。不知古人拂意之事，有百倍于此者，特不细心体验耳。即如东坡先生，殁后遭逢高孝，文字始出，而当时之忧馋畏讥，困顿转徙潮惠之间，且遇跣足涉水，居近牛栏，是何如境界？又如白香山之无嗣[②]，陆放翁之忍饥，皆载在书卷。彼独非千载闻人？而所遇皆如此。诚一平心静观，则人间拂意之事，可以涣然冰释。若不读书，则但见我所遭甚苦，而无穷怨尤嗔忿之心，烧灼不静，其苦为何如耶。故读书为颐养第一事也。

吴下有石琢堂先生之城南老屋。屋有五柳园，颇具泉石之胜，城市之中，而有郊野之观，诚养神之胜地也。有天然之声籁，抑扬顿挫，荡漾余之耳边。群鸟嘤鸣林间时，所发之断断续续声；微风振动树叶时，所发之沙沙簌簌声，和清溪细流流出时，所发之潺潺淙淙声。余泰然仰卧于青葱可爱之草地上，眼望蔚蓝澄澈之穹苍，真是一幅绝妙画图也。以视拙政园[③]，一喧一静，真远胜之。

【注释】

①圃翁：即张英。

②白香山之无嗣：白居易五十八岁始得一子，后三岁而亡。

③拙政园：位于江苏省苏州市，始建于明正德初年，是江南古

典园林的代表作。与北京颐和园、承德避暑山庄、苏州留园一起被誉为中国四大名园。

【原文】

吾人须于不快乐之中，寻一快乐之方法。先须认清快乐与不快乐之造成，固由于处境之如何，但其主要根苗，还从己心发长耳。同是一人，同处一样之境，甲却能战胜劣境，乙反为劣境所征服。能战胜劣境之人，视劣境所征服之人，较为快乐。所以不必歆羡他人之福，怨恨自己之命。是何异雪上加霜，愈以毁灭人生之一切也。无论如何处境之中，可以不必郁郁，须从郁郁之中，生出希望和快乐之精神。偶与琢堂道及，琢堂亦以为然。

家如残秋，身如昃晚[①]，情如剩烟，才如遗电[②]，余不得已而游于画，而狎于诗，竖笔横墨，以自鸣其所喜。亦犹小草无聊，自矜其花；小鸟无奈，自矜其舌。小春之月，一霞始晴，一峰始明，一禽始清，一梅始生，而一诗一画始成。与梅相悦，与禽相得，与峰相立，与霞相揖，画虽拙而或以为工，诗虽苦而自以为甘。四壁已倾，一瓢已敝，无以损其愉悦之胸襟也。

【注释】

①昃（zè）晚：即傍晚。昃，太阳偏西。

②遗电：闪过的电光。

【原文】

圃翁拟一联，将悬之草堂中："富贵贫贱，总难称意，知足即为称意；山水花竹，无恒主人，得闲便是主人。"其语虽俚，却有至理。天下佳山胜水、名花美竹无限。大约富贵人役于名利，贫贱人役于饥寒，总鲜领略及此者。能知足，能得闲，斯为自得其乐，斯为善于摄生也。

心无止息，百忧以感之，众虑以扰之，若风之吹水，使之时起波澜，非所以养寿也。大约从事静坐，初不能妄念尽捐，宜注一念，由一念至于无念，如水之不起波澜。寂定之余，觉有无穷恬淡之意味，愿与世人共之。

阳明先生[①]曰："只要良知真切，虽做举业，不为心累。且如读书时，知强记之心不是，即克去之；有欲速之心不是，即克去之；有夸多斗靡之心不是，即克去之。如此，亦只是终日与圣贤印对，是个纯乎天理之心。任他读书，亦只调摄此心而已，何累之有？"录此以为读书之法。

汤文正公[②]抚吴时，日给惟韭菜。其公子偶市一鸡，公知之，责之曰："恶[③]有士不嚼菜根，而能作百事者哉？"即遣去。奈何世之肉食者流，竭其脂膏，供其口腹，以为分所应尔。不知甘脆肥腻，乃腐肠之药也。大概受病之始，必由饮食不节。俭以养廉，澹以寡欲。安贫之道在是，却疾之方亦在是。余喜食蒜，素不贪屠门之嚼，食物素从省俭。自芸娘之逝，梅花盒亦不复用矣。庶不为汤公所呵乎。

【注释】

①阳明先生：王守仁（1472—1529），幼名云，字伯安，别号阳明。浙江绍兴府余姚县（今属宁波余姚）人，因曾筑室于会稽山阳明洞，自号阳明子，学者称之为阳明先生，亦称王阳明。

②汤文正公：汤斌（1627—1687），字孔伯，号荆岘，晚号潜庵。河南睢州（今河南睢县）人，清朝理学家暨书法家，官至工部尚书，卒谥文正。

③恶（wū）：哪里。

【原文】

留侯、邺侯[①]之隐于白云乡，刘、阮、陶、李[②]之隐于醉乡，司马长卿[③]以温柔乡隐，希夷先生[④]以睡乡隐，殆有所托而逃焉者也。余谓白云乡，则近于渺茫；醉乡、温柔乡，抑非所以却病而延年，而睡乡为胜矣。妄言息躬，辄造逍遥之境；静寐成梦，旋臻甜适之乡。余时时税驾，咀嚼其味，但不从邯郸道上向道人借黄粱枕耳。

【注释】

①留侯、邺侯（yè）：指汉代的张良和唐代的李泌。

②刘、阮、陶、李：指刘伶、阮籍、陶渊明和李白。

③司马长卿：指司马相如。

④希夷先生：即陈抟。

【原文】

养生之道，莫大于眠食。菜根粗粝，但食之甘美，即胜于珍错[①]也。眠亦不在多寝，但实得神凝梦甜，即片刻，亦足摄生也。放翁每以美睡为乐，然睡亦有诀。

孙真人云："能息心，自瞑目。"蔡西山云："先睡心，后睡眼。"此真未发之妙。禅师告余，伏气[②]，有三种眠法：病龙眠，屈其膝也；寒猿眠，抱其膝也；龟鹤眠，踵其膝也。

余少时，见先君子于午餐之后，小睡片刻，灯后治事，精神焕发。余近日亦思法之。午餐后，于竹床小睡，入夜果觉清爽。益信吾父之所为，一一皆可为法。

余不为僧，而有僧意。自芸之殁，一切世味，皆生厌心；一切世缘，皆生悲想，奈何颠倒不自痛悔耶。近年与老僧共话无生，而生趣始得。稽首世尊[③]，少忏宿愆[④]，献佛以诗，餐僧以画。画性宜静，诗性宜孤，即诗与画，必悟禅机，始臻超脱也。

【注释】

①珍错：山珍海味。

②伏气：控制呼吸。

③世尊：对释迦牟尼的尊称。

④宿愆（qiān）：前世的罪恶。